오늘의 혼밥 메뉴는
뇌과학 정식

더 생각 인문학 시리즈

스스로 생각하고 만드는 내 삶을 위한 실천
인문학의 존재 이유는 나를 둘러싼 세상에 질문을 던지고 내 삶과 존재하는 모든 삶의 의미를 확인하며 더 깊이 이해하는 데 있습니다. '더 생각 인문학 시리즈'는 일상의 삶에 중심을 두고 자발적인 개인을 성장시키며 사람의 가치를 고민하고 가치 있는 삶의 조건을 생각하는 기회로 다가가고자 합니다.

오늘의 혼밥 메뉴는
뇌과학 정식

청년을 위한 마음건강 상담실

초판1쇄 발행	정지영 지음
2025년 1월 1일	

펴낸이	펴낸곳	주소	전화
김태영	씽크스마트 책짓는 집	경기도 고양시 덕양구 청초로 66 덕은리버워크 B-1403호	02-323-5609

출판사 등록번호	ISBN	정가	ⓒ 정지영
제395-313000025 1002001000106호	978-89-6529-070-4 (03810)	17,000원	

이 책을 만든 사람들	책임편집	편집	홈페이지
	김무영	신재혁	www.tsbook.co.kr 인스타그램 @thinksmart.official 이메일 thinksmart@kakao.com

• 씽크스마트 더 큰 생각으로 통하는 길
'더 큰 생각으로 통하는 길' 위에서 삶의 지혜를 모아 '인문교양, 자기계발, 자녀교육, 어린이 교양·학습, 정치사회, 취미생활' 등 다양한 분야의 도서를 출간합니다. 바람직한 교육관을 세우고 나다움의 힘을 기르며, 세상에서 소외된 부분을 바라봅니다. 첫 원고부터 책의 완성까지 늘 시대를 읽는 기획으로 책을 만들어, 넓고 깊은 생각으로 세상을 살아갈 수 있는 힘을 드리고자 합니다.

• 도서출판 큐 더 쓸모 있는 책을 만나다
도서출판 큐는 울퉁불퉁한 현실에서 만나는 다양한 질문과 고민에 답하고자 만든 실용교양 임프린트입니다. 새로운 작가와 독자를 개척하며, 변화하는 세상 속에서 책의 쓸모를 키워갑니다. 흥겹게 춤추듯 시대의 변화에 맞는 '더 쓸모 있는 책'을 만들겠습니다.

자신만의 생각이나 이야기를 펼치고 싶은 당신. 책으로 사람들에게 전하고 싶은 아이디어나 원고를 메일(thinksmart@kakao.com)로 보내주세요. 씽크스마트는 당신의 소중한 원고를 기다리고 있습니다.

오늘의 혼밥 메뉴는
뇌과학 정식

청년을 위한 마음건강 상담실

정지영 지음

추천의 말은 저자에게 직접 진료를 받은
환자분들이 자발적으로 나눠주신 실제 체험담입니다.

"우울증을 진단받기 전부터 혼자 있는 것이 편하다는 생각을 당연하게 여겼습니다. 하지만 이 책을 통해 약물 치료를 하더라도 평생에 걸친 진정한 마음 회복은 관계와 나눔에서 비롯된다는 메시지를 알게 되었습니다. 마음의 건강을 위해 용기를 내고 긍정적으로 공동체를 탐구한다면, 정신질환 앞에서 고립되고 수동적인 치료대상이 아니라 주체적인 존재로서 세상에 나아갈 수 있으리란 희망을 품어 봅니다."

40대 여성 (전문직, 의사)

"한때는 사회에서 받은 편견과 약에 대한 거부감으로 인해 정신과에 다니지 못했다. 집에서 은둔하며 지내던 시절에는 공황장애와 우울증이 있어도 약을 먹지 않았다. 하지만 지금, 약은 내 삶의 일부가 되었다. 정신과에 다니는 사실이 부끄럽지 않다. 은둔에서 세상으로 나온 뒤로, 한 번도 단약을 생각한 적이 없다. 이 책에서 정지영 원장님이 말씀하신 것처럼, 이런 나를 지지해주고 공감해주는 소중한 치료 공동체가 있기 때문이다."

20대 남성 (은둔형 고립청년이었다가 현재 학업과 직장생활 병행 중)

"가장 좋아하는 단어를 뽑으라하면 '함께' 라는 단어일 것이다. 그런 의미에서 정지영 선생님은 공동체에서의 오랜 인연의 시간들을 넘어 백신 부작용으로 가장 힘들었을 때 마음을 다해 함께 해 주셨음에 진심으로 감사드리게 된다. 이 책을 통해 나를 잘 돌보고 사랑하는 법을 삶에서 찾아가고 적용해가며 무엇보다 공동체와 함께 극복해가는 힘을 모두가 누리게 되길 바란다."

60대 여성 (완치 후 일상으로 복귀하여 공방 운영 중)

"힘들고 상처받은 마음에 불쾌하게 뛰는 심장의 두근거림을 감각하고 싶지 않아, 그네를 타러 종종 집 앞 놀이터를 찾는다. 하지만 마음의 문제는 그네 타기로 해소되는 그리 단순한 문제는 아니다. 그래서 정신건강의학과를 찾아갔고, 정지영 선생님을 만났다. 일상을 물어봐 주고, 감정을 살펴주셨다. 아픔을 깊이 공감하고, 그 여정을 함께하는 사람이 생긴 것 같아 든든했다. 정지영 선생님의 치료 철학을 담은 책이 세상에 나와 반갑다. 마음이 아프고 상한 사람들이, 이 책을 만나 조금이나마 불편함을 덜어낼 수 있기를 바란다. 짧은 혹은 긴 시간이 걸릴 수도 있는 마음 챙김의 여정을 이 책과 함께 하길 바란다."

30대 여성 (사회복지사)

오늘의 혼밥 메뉴는 뇌과학 정식

"어느 날 갑자기 한꺼번에 내 머릿속에 두려움과 걱정으로 가득 찬 채로 뭐부터 해야 할지 어쩔 줄 모르는 나를 발견했다. 아, 내가 나를 잃어버린 듯 했다. 언제부터인가 잠 드는 것이 어려웠고 아침까지 지새우는 날이 몇 개월⋯⋯⋯.

정지영 원장님께 정신과 상담을 받고 나서야 과중한 업무 스트레스와 관계의 어려움으로 인한 불안과 우울이 나를 지배하고 있음을 알게 되었다. 그런데 과연 정신과 약복용으로 나아질까? 내 정신력의 문제는 아닐까? 우려했지만 걱정과는 달리 나에게 맞는 약을 찾을 때까지 순차적인 약 처방과 마음의 문을 열도록 도와주신 덕분에 이제는 머릿속이 정돈되고 잠을 좀 잘 수 있게 되어 현재는 대학원 공부를 계속할 수 있게 되었다. 스트레스를 방치하지 않는 것으로 내 삶의 루틴이 생겨서 감사하다."

50대 여성 (사회적기업 센터장)

목차

1부

뇌,
마음을 담은
그릇

뇌를 공부하기로 한 것은 정신과 의사로서 제가 맞이한 큰 전환점이었습니다. 대학원에서 협동과정으로 뇌 과학을 전공하였고, 정신의학과 뇌 과학을 접목하는 일에 제 인생을 걸어도 좋겠다는 결심을 했습니다. 왜냐하면 저는 뇌와 마음의 건강한 상태를 늘 푸르른 소나무처럼 유지하는 일을 하고 싶기 때문입니다. 여러분과 함께 '마음을 담은 그릇'인 뇌 이야기를 하고 싶다고 생각한 것도 '어떻게 하면 건강한 마음 상태를 유지하며 함께 살아갈 수 있을까?' 하는 물음에 유의미한 답을 찾고 싶어서지요.

우리 뇌는 홀로 외로이 존재하지 않습니다. 건강한 공동체 안에 있을 때라야 비로소 건강해지는 건 병원도 마찬가지예요. 건강한 병원이란 의사와 환자의 1:1 관계에 머물지 않고, 환자와 가족, 친구, 지역 사회까지 건강한 관계 속에 머무를 때 가능합니다. 광활한 우주를 그냥 바라보는 것도 좋지만, 별자리를 보며 우주의 신비를 이해하듯 뇌를 통해 우리의 마음을 이해할 때, 그동안 보이지 않던 내 마음의 북극성이 모습을 드러내리라 기대합니다.

마음은
뇌에 있어요

첫사랑은 이루어지지 않는다고 했던가요? 헤어진 슬픔으로 마음 한 구석이 아련하게 시려옵니다. 아픈 마음을 느끼는 곳은 가슴입니다. 언뜻 생각하기에 마음은 심장에 들어있는 것 같습니다. 과연 그럴까요? 너무나도 자연스러운 생각이지만 반은 맞고 반은 틀렸습니다. 마음이 심장에 있다면 심장 이식 수술을 통해서 한 사람의 마음, 즉 그의 인간됨을 의미하는 기억과 감정이 전달되어야 하는데 실제로 심장 이식 수술을 통해서 마음이 전달되지는 않기 때문입니다.

마음과
뇌

마음은 세상을 경험하고 느끼는데, 마음의 문은 심장이 아닌 뇌에 있습니다. 뇌는 마음으로 통하는 문이자 마음을 담는 그릇입니다. 그렇다고 해서 마음과 심장이 아주 연관이 없진 않습니다. 실제로 일상적으로 경험하는 감각을 우리는 심장을 통해 느끼게 됩니다.

쉬운 예로 우리는 '가슴이 두근거린다, 가슴이 설렌다, 가슴이 답답하다, 가슴이 아프다'라는 표현을 일상에서 자주 사용합니다. 실제로 마음이 느끼는 바를 몸으로 경험[1]하고요. 우리의 심장(Heart)은 컴퓨터 모니터와 같아서 본체인 뇌와 혼연일체가 되어 함께 일하고 뇌가 하는 일을 실시간으로 알려줍니다.

물론 뇌를 통해 심장으로 전달되는 마음의 상태를 통일된 언어로 규정하기란 불가능에 가깝습니다. 전 세계 인구 약 70억 명 중에서 간혹 얼굴이 서로 닮은 사람은 있을 수 있지만, 마음이 똑 닮은 사람은 어디에도 없습니다. '나'는 세상 어디에도 없는 유일한 존재이며 나의 속마음은 내가 말해주지 않으면 그 누구도 알 수 없습니다. 그래서 우리가 흔히 감정적 소통이 쉽지 않을 때 "말을 해야 알지!"라고 표현하곤 하죠. 우리는 매일 쉼 없이 일하는 뇌(중추신경계)에 대해서 얼마나 잘 알고 있을까요? 뇌 건강 전문가를 찾는 노력은 얼마나 하고 있을까요?

---

[1] 이를 '신체화'라고 합니다. 공황장애의 신체화 중에 심장과 연관된 증상으로 가슴 두근거림, 심박동 수 증가, 흉통, 가슴 불편감 등이 있습니다.

오늘의 혼밥 메뉴는 뇌과학 정식

뇌 건강은
어디서?

우리나라의 높은 의료 접근성은 전 세계적으로 찾아보기 힘들 정도입니다. 성인이 되면 일반적인 의학적 상태(내 몸이 어떤 상태인지)에 대한 검사와 평가를 어렵지 않게 받을 수 있습니다. 검사 결과에 따라 의학적 도움을 받아야 한다면 해당 의심 질환에 대해서 치료를 받기도 합니다. 하지만 평상시에 일반적 의학적 상태를 최상의 상태로 유지하고 조절하는 최상위 기관인 뇌에 대한 적절한 검사와 평가는 아쉽게도 전무한 상황입니다.

각종 포털에서 뇌 건강을 검색하면 치매 예방과 관련한 건강식품 광고가 대부분입니다. 전문적인 학술 검색 서비스를 활용하여 뇌 건강을 검색해 봐도 원하는 자료를 찾기 어려웠습니다. 오히려 뇌 질환으로 검색하면 자료가 확 많아집니다. 소 잃고 외양간 고치는 상황이 될까 봐 다소 아쉬웠습니다. 막상 뇌는 고가의 검사 장비를 활용하지 않고서는 존재를 확인하기도 쉽지 않습니다. 저도 대학원 시절에 뇌 과학 연구자로서 MRI 검사를 수차례 받아 보았지만, 시간과 비용 대비 일상적으로 활용하긴 어려웠습니다. 뇌 질환이 의심되는 증상이 확인되어 뇌 MRI나 CT 혹은 뇌파 검사를 꼭 받아야 하는 경우가 아니라면 평소에 뇌 건강에 대해 관심을 가지고 뇌가 작동하는 원리에 대한 이해를 넓히는 것이 비용적인 면에서 훨씬 효과적입니다. 그럼 지금부터 일상적인 경험을 통해 우리 뇌의 존재감부터 알아보도록 합시다.

뇌의
기본구조와 기능

뇌는 수천억의 뇌세포와 수천조의 뇌 섬유 다발, 그리고 이를 둘러싸는 뇌막, 혈관, 뇌척수액, 두개골 등이 빈틈없이 가득 채우고 있습니다. 하나의 큰 덩어리 같지만, 오랜 연구를 통해 지정학상으로 뇌를 크게 앞뒤로 나눌 때 앞쪽은 커다란 전두엽이 차지하고 뒤쪽은 두정엽, 측두엽, 후두엽으로 나눌 수 있다는 것을 알아냈습니다.

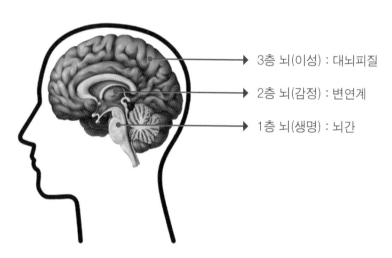

3층 뇌(이성) : 대뇌피질

2층 뇌(감정) : 변연계

1층 뇌(생명) : 뇌간

3층 건물처럼 구분해본 뇌의 모습

위 그림처럼 뇌는 3층 건물에 비유할 수 있는데 발달 단계에 따라 설명할 때 유용합니다. 3층은 고도화된 역할을 분담하고 있는 대뇌피질, 2층은 감정과 기억을 다루는 중간뇌, 그리고 건물의 기초에 해당하는 1층에는 뇌줄기가 있습니다.

오늘의 혼밥 메뉴는 뇌과학 정식

3층 대뇌피질은 우리가 일반적으로 알고 있는 뇌를 말합니다. 한마디로 '일하는 뇌'입니다. 고위 인지 기능을 발휘하여 각자가 맡은 삶의 숙제를 풀어갑니다. 어릴 때는 숙제와 심부름이 전부일 수 있지만, 청소년을 지나 어른이 되어 갈수록 사회적 관계에서 주어지는 다양한 역할을 감당하기 위해 대뇌피질을 좀 더 깊이 있게 활용해야 합니다.

2층 중간 뇌는 뇌의 중간에 있고 인간다움을 가득 채우고 있는 공간입니다. 순수한 욕구를 느끼는 곳, 의식주, 사랑의 감정 등 말이죠. 물론 중독의 핵심 기전[2]인 갈망이 유래하기도 합니다. 매 순간 감각정보가 뒤쪽 뇌(마음의 문)를 통해 들어오는데, 이 감각 정보에 대한 정밀 분석에 따라 적절한 색감을 부여하는 곳이 2층 뇌, 즉 감정-기억 뇌가 하는 역할입니다.

1층 뇌줄기는 생명 뇌라고도 합니다. 심장이 뛰고 숨을 쉬고 기본적 욕구를 충족하고 생명 유지의 기본적 역할을 자동적으로 평생 수행합니다.

마음의 문을
여는 법

뇌에는 마음과 연결된 문이 있습니다. 각자 마음의 문이 활짝 열려

---

2) 중독의 핵심 기전은 중독을 진단하는 주요 진단기준을 말하며 내성과 금단이 중독의 기본 구성요소입니다. 내성과 금단증상이 지속되면 특정 물질이나 행위에 대해 억누를 수 없는 강렬한 욕구가 지속되는데, 이를 갈망(감)이라고 합니다.

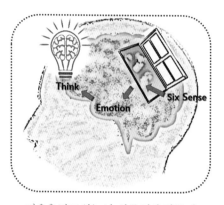
마음을 담고 있는 뇌, 앞쪽 뇌와 뒤쪽 뇌

있다고 상상해 볼까요? 마음을 담고 있는 뇌의 기능을 논하기 전에 마음의 문이 활짝 열린 것만으로도 소통의 기쁨을 맘껏 누릴 수 있습니다. 물론 무작정 열려있다고 좋은 것은 아니기에 앞으로의 이야기에 귀 기울여 주시기 바랍니다. 먼저 주로 전두엽 영역에 해당하는 앞쪽 뇌의 문부터 살펴보겠습니다.

뇌 앞쪽에는 큰 문이 하나 있는데 평소에는 닫혀 있습니다. 이때 뇌는 안정된 상태입니다. 뇌파를 측정했을 때에도 동조파(synchronized)[3]가 다수를 차지하며 비동조파에 비해서 편안한 상태를 나타냅니다. 명상하고 있을 때 측정되는 대표적인 뇌파입니다.

전두엽의 역할은 '통합'과 '조절', '안정'입니다. 공항의 관제탑이 하는 일과 흡사합니다. 전두엽은 뇌에서 가장 큰 공간을 차지하는 동시에 가장 앞과 위쪽에 있으니 조직으로 치면 CEO라고도 할 수 있습니다.

---

3) 주로 명상할 때 나타나는 동조파는 뇌의 여러 부위가 동기화되어 유사한 전기적 활동을 보이는 현상으로, 심리적 안정과 깊은 집중 상태를 나타냅니다. 이는 이완 효과와 스트레스 감소 효과가 있습니다. 명상이 지속될 때 강화되며 장기적으로 정신 건강에 긍정적인 영향을 미칩니다.

전두엽을 여는 문은 앞서 설명한 것처럼 닫힌 상태를 유지합니다. 우리가 평소에 집의 현관문을 닫아 두는 것처럼 전두엽의 문은 평상시에 안정적으로 닫혀 있어야 합니다. 뇌에서 분비되는 대부분의 호르몬(글루타메이트, 도파민, 세로토닌, 노르에피네피론)이 각자 특성에 맞게 뇌를 활성화(감정조절, 운동기능)한다면, 뇌에서 일정한 농도를 유지하면서 안정화하는 것이 전두엽을 중심으로 분비되는 호르몬인 'GABA(Gamma Aminobutyric Acid)'입니다.

GABA가 활성화되면 뇌는 전반적으로 억제(안정화) 상태를 유지할 수 있습니다. 나이가 들면서 뇌가 발달하고 성숙할 수 있도록 자동차의 브레이크와 비슷한 역할을 하죠. 삶의 고비와 역경이라는 언덕에서 뒤로 굴러떨어지지 않게 하는 안전장치이기도 합니다. 전두엽이 안정화되어 있을수록 정서적 안정이 잘 유지되고 스트레스를 받는 상황에서도 잘 대처하게 됩니다. 성인이 될 때까지 전두엽의 안정성이 잘 유지되면 그 사람의 고유한 기질과 성격이 매우 건강하고 성숙하게 자리 잡을 수 있습니다.

전두엽의 안정화는 평소 각종 충동을 자제시키는 전두엽 억제(frontal lobe inhibition)를 통해 가능합니다. 이렇게 안정적으로 닫혀 있는 문이 인위적으로 열리는 상황을 '전두엽 탈억제(frontal lobe disinhibition)'라고 합니다. 이 문을 강제로 여는 대표적인 물질 중 하나가 알코올, 즉 술입니다. 알코올은 뇌에서 중독을 유발하는 대표적인 물질입니다. 알코올로 인해 뇌에 장애가 생기면 앞쪽 뇌인 전두엽의 문이 인위적으로 열리고 이런 상태에서는 전두엽이 조절하는 본능적 욕구, 조절되지 않는 충동성, 미성숙한 방어기제에 뇌가 무방비로 노출될 수 있습니다. 이로 인해 감정·행동 조절, 기억 작업 등이 모두 엉망이 되기도 합니다. 마치 관제탑 기능이 상실된 활주로에서 비행기가 서로 엉키고 뒤섞여서 즐거운 여행은커녕 항공기의 안전도 보장할 수 없는 상태가 되는 것입니다.

뇌의 뒤쪽에는 여러 가지 문이 존재하며 하루에도 수없이 열리고 닫히기를 반복합니다. 외부에서 들어오는 감각 정보 대부분은 3층 뇌의 뒤쪽에서, 일부 감각은 아래쪽 뇌에서 받아들입니다. 우리를 둘러싼 감각 정보는 몸을 매개체로 모두 뒤쪽 뇌로 모입니다. 오감(시각, 촉각, 미각, 후각, 청각)을 예로 들어보겠습니다.

- **청각** 힘찬 클래식으로 설정된 알람 소리를 듣고 눈 뜨기.
- **시각** 핸드폰 시계를 보고 서둘러 출근 준비하기.
- **후각과 미각** 출근길에 진한 커피 향에 이끌려 카페에 들렀다가 카페인을 줄이기로 한 약속을 지키기 위해 과일 주스 한 잔. 카페인을 참은 상으로 입 안에 새콤달콤함을 가득 채우기.
- **촉각** 진료실에서 급히 책상을 정리하다가 손가락 끝이 종이에 베임. 날카로운 통증이 스치고 지나감. 손끝이 닿을 때마다 아파서 급히 약을 바르고 밴드 붙이기.

오감은 각각 단일 자극으로 분리해 느끼기보다 두세 가지를 함께 느낄 때가 더 많습니다. 예를 들어 김치찌개 한 숟가락에 짠맛, 매운 통

오늘의 혼밥 메뉴는 뇌과학 정식

감각, 돼지고기를 씹는 식감까지 느낄 수 있고, 놀이기구를 타면 안전벨트가 압박하는 촉감과 함께 친구의 비명 소리도 들리고, 놀이기구가 180도 회전할 때 땅과 하늘이 뒤바뀌는 풍경을 두 눈으로 확인하는 재미까지 더해집니다.

이렇게 몸을 통해 수집한 감각 자극은 뒤쪽 뇌에서 가장 정제되고 감성을 자극하는 뇌 활성 에너지로 다시 살아납니다. 따라서 만약 기술이 발전해서 오감을 느끼는 로봇을 만들 수는 있어도 이 로봇이 감각을 복합적으로 조절하고 조화롭게 소화하지는 못할 겁니다.

오감을 받아들이는 뇌는 창문과 같습니다. 창문의 위치는 매우 다양하고 크기와 목적도 위치에 따라 달라집니다. 문을 구성하는 뒤쪽 뇌는 후두엽과 측두엽, 그리고 두정엽으로 나눕니다. 이는 오감을 잘 받아들일 수 있도록 감각을 수용하는 뇌 기관으로 최적화되어 있습니다.

감각 정보는 눈과 귀라는 제한적인 구조물을 통해서 시각과 청각을, 눈과 귀를 포함해 몸을 덮고 있는 피부를 통해서 촉각을 수집합니다. 이렇게 수집한 자극(정보)은 세상과 접한 모든 것에 대한 느낌을 포함하며, 두

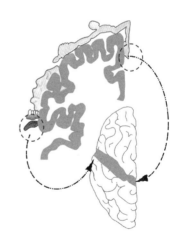

호문쿨루스, 뇌 속의 작은 인간

정엽의 감각 영역에 고유한 방식으로 코딩됩니다. 두정엽의 촉감 영역에는 머리끝에서 발끝까지 인체 지도가 그려져 있고 이 지도에 맞게(사람마다 약간의 차이는 있지만) 신체 부위에 따라 느끼는 감각이 다르다는 점이 흥미롭습니다.

라틴어로 '호문쿨루스'는 '작은 사람'을 뜻합니다. 신경해부학적으로는 신체 각 기관을 대뇌피질에서 담당하는 비율에 따라 머리와 손이 크고 이외의 부위를 작게 표시한 인형 그림으로 표현할 수 있습니다. 그림을 잘 살펴보면 손이나 얼굴 부위, 특히 입술의 경우 뇌에서 많은 영역을 차지하고 있습니다. 이러한 분포도는 신체의 감각정보가 받아들이는 대뇌영역과 운동을 수행하는 대뇌영역 모두 대동소이합니다. 얼굴과 손이 하는 역할이 감각과 운동 모두에서 매우 광범위하고 중요함을 의미합니다.

후각과 미각은 차이가 있습니다. 두 가지 감각이 뇌로 유입되는 주요 경로는 얼굴에서 코와 입이 위치하는 구조적 특징에 따라 뇌의 아래쪽에 있습니다. 감각을 받아들이는 경로에서 뇌의 아래쪽을 활용하는 것은 정보 유입의 병목 현상을 자연스럽게 해결할 수 있는 아주 효율적이고 지혜로운 접근법입니다. 냄새를 유발하는 화학 입자가 공기를 통해 콧속으로 들어가 전두엽의 아래에 있는 1차 후각뇌를 통해 냄새를 인지하고 이 향을 고리 모양의 링을 통해 양쪽 뇌로 보내 후각 정보를 공유합니다. 예를 들어 감기로 한쪽 코가 막혀도 냄새를 한쪽 뇌

오늘의 혼밥 메뉴는 뇌과학 정식

로만 해석하지 않고 아래쪽 뇌가 전반적으로 반응할 수 있습니다. 따라서 한쪽 코를 통해 유입된 후각정보는 전두엽의 아래쪽을 거쳐 반대쪽 뇌로 후각정보를 전달하여 양쪽 뇌가 후각자극에 함께 활성화될 수 있습니다.

미각은 일차적으로 혀를 통해 느끼게 됩니다. 혀는 후각기관과 달리 뇌와 직접 연결되어 있지 않고 위장 관계의 시작점이 입속에 일체형으로 자리 잡고 있습니다. 목구멍을 기준으로 앞쪽에 위치한 입술과 입 안의 근육은 사람의 의지에 따라 움직이는 수의근으로 이루어져 있고, 뒤쪽에 위치한 후두덮개(음식을 목구멍으로 삼킬 때 기도에 음식물이 들어가지 않도록 보호해주는 덮개) 이후부터는 자율신경계의 통제를 받게 됩니다. 우리는 음식을 먹기 위해 입술과 혀를 자유롭게 사용하지만, 맛을 느끼는 과정은 혀의 표면에 수없이 많은 미각세포(미뢰)를 통해 두정엽의 미각을 느끼는 감각 영역까지 전달됩니다.

이처럼 매순간 우리를 둘러싸고 있는 수많은 감각 정보는 뇌의 뒤쪽과 아래쪽의 감각 통로(문)를 통해 끊임없이 들락날락합니다. 그런데 문이 삐걱거리게 되면 어떻게 될까요? 감각 소통에 장애가 생기고 감각을 잘 느끼지 못하게 됩니다. 대부분은 스트레스를 받기 때문입니다.

---------- 2장 ----------

스트레스와
오감의 컬러링

　일상에서 경험하는 각종 스트레스는 오감을 통해 뇌로 유입되어 우리가 인지할 수 있는 감각으로 인지하게 됩니다. 이제부터는 매일같이 경험하는 스트레스들을 뇌가 해석할 수 있는 5개의 감각으로 이해하기 쉽게 컬러링 작업을 시작해보겠습니다.

　[시각] 요즘 몸에서 잠시도 떼어놓을 수 없는 핸드폰. 아침에 일어났을 때, 출근길에, 업무중에, 퇴근길에, 그리고 잠자리에 들기 전 침대에서 등 우리의 눈을 항상 핸드폰을 주시하고 있습니다. 핸드폰 하나만으로도 눈에 들어오는 시각적 정보는 무궁무진합니다. 질릴 틈도 없고 보고 있지 않으면 오히려 불안할 정도입니다. 인터넷 뉴스, 웹툰, SNS,

　　　　　　　　　　　　　오늘의 혼밥 메뉴는 뇌과학 정식

유튜브, 영화, 드라마 등 우리는 삶의 희로애락을 시각 정보를 통해 느낍니다. 몸이 1,000냥이면 눈은 900냥이라고 하는데 실제로 눈은 하루에 900% 이상의 일을 해내느라 늘 과부하 상태이지요.

[청각] 하루에 가장 많이 듣는 소리를 떠올려볼까요? 게임하느라 시간 가는 줄 모르는 어린이는 엄마의 잔소리일 것이고 취업 준비에 여념이 없는 청년은 각종 뉴스에 귀를 기울일 수밖에 없습니다. 요즘은 그런데 사실은 뉴스를 들을 때마다 마음이 따뜻해지고 평화로운 감정을 느끼게 해주는 소식을 찾아보기가 어렵습니다.

현재 인터넷에 흔하게 접할 수 있는 뉴스들을 예로 들면 〈아이 울음소리 사라진 대한민국에 미래는 없다, '국가소멸위기'〉, 〈아파트 5곳 통째로 '전세 사기' 혐의…세입자들 발 동동〉, 〈무서운 속도로 녹는 빙하 '23년간 빙하 등 얼음 28조 톤 사라져'〉 등 삭막한 뉴스를 귀로 들으면 몸은 일관되게 긴장과 불안한 반응을 보입니다. 이 상태가 하루, 이틀 혹은 한두 달 동안 이어지면 TV만 봐도 두근거림, 숨이 차고 가슴이 답답함, 식은땀, 멍하고 어지러운 반응이 언제든 자동반사적으로 일어날 수 있습니다.

[촉각] 우리의 체성 감각을 담당하는 피부와 근육은 쉴 틈이 없습니다. 넓은 범위로 머리카락, 눈의 각막도 피부에 포함됩니다. 하지만 요즘도 몇몇 사람은 미세먼지와 바이러스를 차단하는 기능성 마스크를 쓰면서 하루를 시작합니다. 매일 쓰다 보니 익숙해질 만도 한데 민감성

피부인 사람은 늘 입 주위에 옅은 피부 발적[4]을 달고 살아야 합니다.

통증 또한 촉각 중에 빼놓을 수 없는 중요한 감각입니다. 현대인이 하루에 앉아 있는 시간은 평균 8시간이라고 합니다. 허리뼈로 눌리는 압박은 고스란히 허리 통증을 유발합니다. 고개 숙여 컴퓨터 화면을 보는 시간 또한 적지 않아서 거북목으로 인한 목 부위 결림은 덤입니다. 학생을 포함해 현대 사회를 살아가는 도시인에게 가장 큰 고역은 통증입니다. 촉각을 통해 부드럽고 따스한 느낌이 뇌로 가득 전달되면 좋겠지만 시간이 흐를수록 통증 감각이 지배적일 수 있습니다. 참 난감하지만 받아들여야 할 사실입니다. 통증이 유발하는 스트레스는 삶의 질까지 좌우합니다.

[후각] 눈과 귀를 닫고 있어도 내가 있는 장소는 냄새만으로도 알 수 있습니다. 아내의 화장대, 문이 열린 화장실 앞, 아침에 토스트기가 열일하고 있는 식탁 근처, 출근해서 아침 커피를 내리고 있는 탕비실. 이런 장소는 굳이 시각과 청각을 사용하지 않아도 얼마든지 온 마음으로 느낄 수 있습니다.

일상적인 냄새와 다른 후각 자극으로 술을 예로 들어보겠습니다. 술에 포함된 (에틸)알코올은 휘발성 물질입니다. 분위기에 취한다는 말도 있지만 실제로 맥주, 소주, 와인 등 술의 종류에 따라 공기를 통해 휘발

---

4) 피부나 점막에 염증이 생겼을 때에 그 부분이 빨갛게 부어오르는 현상. 모세 혈관의 확장이 그 원인이다. [표준국어대사전]

성 물질들이 가차 없이 후각세포를 자극합니다. 알코올은 신경세포를 무장 해제시키고 도파민 분비를 촉진시키는 특별한 성능을 자랑합니다. 그런데 이게 중독을 일으키는 주요 메커니즘이 되고 한번 작동하면 되돌아가기가 힘듭니다.

알코올은 후각을 통해 우리 뇌의 감정뇌를 직접 자극합니다. 직접 자극을 뇌 과학적 용어로는 '인위적 보상'이라고 합니다. 알코올은 뇌 신경세포로 하여금 행복 호르몬(도파민)을 강제로 소환합니다. 이러한 현상은 중독성 물질이 가지고 있는 대표적인 특징입니다.

알코올 중독 환자는 술을 조절해서 마시지 못합니다. 아무리 노력해도 개인의 의지로는 한계가 있고 단주를 결심하지만 반복해서 실패합니다. 술 모임에 참석하여 술을 마시지 않는다고 단주에 성공했다고 볼 수도 없습니다. 알코올은 휘발성 물질이므로 술잔 안에만 머물러 있지 않고 모임 장소 곳곳을 자유롭게 떠다닐 수 있으며, 알코올에 의존성이 있는 사람의 입 속이 아닌 콧속으로 야금야금 흡수됩니다. 전두엽의 조절 기능은 약해지고, 첫 잔을 부르는 스위치가 켜지고, 자연스럽고 점차적으로 다시 조절 불능 상태로 들어갑니다. 입은 막아도 코는 막을 수 없는 법. 숨을 쉬어야 하기 때문입니다. 그래서 휘발성 물질에 의존성이 생길 경우 그만큼 중독 행위를 끊기가 매우 어렵습니다. 치료가 필요한 이들에게는 알코올에 대한 갈망을 부추기는 후각 자극이 참기 힘든 스트레스 요인이 될 수밖에 없지요.

[미각] 바쁜 하루에 지친 우리를 위로해 주는 절대 가치 중 하나가 맛있는 먹거리입니다. 다양한 먹거리는 우리의 삶을 풍요롭게 하며 실제로 맛에 대한 강렬한 기대감이 삶의 중압감을 잠시 가볍게 할 수도 있습니다. 또한 감칠맛은 단맛, 짠맛, 쓴맛, 신맛과 더불어 5대 맛 중에 하나로 먹는 즐거움을 한층 업그레이드시켜 줍니다. 앞으로는 건강한 맛의 조합까지 더해져 먹는 낙의 세계가 무궁무진하게 펼쳐질 것으로 기대됩니다.

그런데 인스턴트 음식은 고당, 고염, 고지방 성분으로 인해 뇌의 보상 시스템을 과도하게 자극합니다. 이러한 자극은 도파민 분비를 증가시켜 쾌락을 느끼게 하지만, 반복적인 섭취로 인해 내성이 형성되어 더 많은 양을 필요로 하게 됩니다. 이는 자연식품의 맛을 덜 자극적으로 느끼게 하며 미각 수용체를 둔화시켜 다양한 맛을 느끼는 능력을 감소시킵니다. 결과적으로 인스턴트 음식에 대한 의존성이 증가하고 건강한 식습관을 유지하기 어려워집니다.

또한 인스턴트 음식은 신경염증을 유발하고 스트레스 호르몬 분비를 증가시켜 뇌 기능과 구조에 부정적인 영향을 미칩니다. 이는 기억력과 학습 능력 같은 인지 기능을 저하시킬 수 있으며 뇌의 해마 영역에 손상을 줄 수 있습니다. 따라서 인스턴트 음식의 지속적인 섭취는 전반적인 뇌 건강에 악영향을 미칠 수 있습니다.

지금까지 감각에 대한 뇌 이야기를 일반적인 스트레스 상황과 연관시켜 보았습니다. 다음 장에서는 마음의 문을 열기 위해 필요한 자신만의 레이더인 12개 뇌신경이 어떻게 작동하는지 알아볼게요.

2부

뇌, 마음이 살아숨쉬는 다채로운 공간

이제부터는 뇌의 살아있음에 대한 이야기를 해보려고 합니다. 뇌 세포 하나하나는 살아있고 운동력이 있으며 하루 24시간 쉬지 않고 일합니다. 눈에 보이지 않을 정도로 작지만 각각의 세포는 슈퍼컴퓨터를 능가하는 역할을 수행합니다. 뇌세포의 살아있음을 실시간으로 확인할 수 있는 유일한 생체 신호가 바로 뇌파입니다.

호르몬 이야기도 빠뜨릴 수 없습니다. 호르몬은 마치 오케스트라의 연주를 조율하는 지휘자 역할을 합니다. 뇌를 각성하는 '관종' 호르몬 아세틸콜린, 응급상황에 나타나는 '사이렌'인 노르아드레날린, 늘 파티를 열고 싶어 하는 '행복' 호르몬 도파민, 다른 호르몬들이 폭주하지 않도록 원래의 상태를 찾아주는 '마음챙김' 호르몬 세로토닌 등 마치 서로 다르지만 하나를 이루는 공동체처럼 우리가 길을 잃지 않도록 해주지요.

정신건강의학과에
처음 오셨나요?

직장인 A 씨가 정신건강의학과에 처음으로 내원하는 날이 됐습니다. A 씨는 진작 병원에 오고 싶었지만 바쁘다 보니 6개월 전부터 망설이다 이제야 용기를 냈습니다. '잠을 못 잔다, 눈물이 난다, 아침에 일어나기 어렵다, 집중이 안 된다' 같은 증상 때문에 힘들다고 합니다. 누적되는 스트레스로 마음이 자꾸 무거워지고 누군가에게 의지하고 싶어도 다들 삶에 지쳐서 서로 챙기기가 쉽지 않습니다. 대부분 속으로 계속 힘들어하다가 내원합니다. 실제로 요즘 들어 많은 분이 스트레스성 불면이나 두통 및 과도한 신체 반응으로 일상생활이나 사회생활에 불편함을 느껴 정신과를 방문합니다.

진료실에 들어서려고 하자 A 씨의 심장이 갑자기 빨리 뛰기 시작합니다. 일명 '화이트 가운 증후군'[5]입니다. 긍정적으로 생각하면 화이트 가운 증후군으로부터 긴장을 완화하기 위한 무의식적 방어라고 볼 수 있습니다. 다행히 저희 병원 직원은 되도록 흰색 가운을 피하고 있습니다. 환자들이 실제로 병원에 들어와서 보면 '의외로 사람들이 다 멀쩡해 보이고 괜찮아 보이고 심지어 편안해 보이기까지 한다', '어릴 때는 병원 생각만 하면 아픈 주사, 쓴 약이 떠오르며 두려운 마음이 컸는데 생각보다 분위기가 괜찮다. 심지어 카페 같은 분위기라 읽을 책도 많고 대기하는 분도 다들 젠틀해 보인다'라는 평을 해주시는 분이 적지 않습니다. 물론 그래도 대기 시간 동안 초조함을 완전히 지울 수는 없습니다.

보통 처음 내원하면 치료 전에 검사를 진행합니다. 뇌파[6] 검사와 자율신경기능검사(HRV)인데요, 내원 당시 우리 뇌가 경험하고 있는 스트레스 정도를 두 장비로 검사합니다. 비교적 짧은 시간에 중추신경계와 자율신경계의 건강 상태를 점검할 수 있는 매우 효율적이고 똑똑한 검사 장비지요. 뇌 세포 하나하나는 살아있고 운동력이 있으며 하루 24시간 쉬지 않고 일합니다. 뇌 세포는 눈에 보이지 않을 정도로 작지만

---

5) 가정이나 직장에서 혈압을 재면 고혈압인데 병원에서는 혈압이 정상으로 측정되는 '가면 고혈압' 또는 가정에서는 정상 혈압인데 병원에만 가면 혈압이 높아지는 '백의 고혈압' 등 특정 장소나 상황으로 혈압이 다르게 측정되는 현상이 흔히 발생하는데 이를 통틀어 '화이트 가운 증후군'이라고 합니다.
6) 뇌파는 뇌세포가 활동할 때 생기는 전류를 말하며 뇌파검사는 이 전류에 의한 전위(電位)의 차이를 유도하여 증폭하고 그것을 곡선으로 기록하는 것을 말합니다.

각각의 세포는 슈퍼컴퓨터를 능가하는 역할을 수행합니다. 뇌세포가 살아있음을 실시간으로 확인할 수 있는 유일한 생체 신호가 뇌파입니다. 요즘은 뇌파 장비가 발달하여 손쉽게 측정할 수 있고 비용도 저렴해지고 있어 검사 및 연구용으로 가장 핫하게 활용되고 있습니다.

뇌파 검사는 대학병원에서 하는 습식 검사가 아닌 전두엽 기능을 집중적으로 측정하는 건식 검사로 시행합니다. 1부에서 설명한 대로 우리 몸에서 통합 조절 기능을 수행하는 뇌 영역은 뇌의 3층부에 해당하는 전두엽입니다. 1층의 생명뇌(뇌줄기, brainstem)와 2층의 감정뇌(변연계, limbic system)에서 모아진 생체 정보를 3층 전두엽으로 전달하고 전두엽에서 어떤 생각과 상상을 하느냐에 따라서 우리의 삶의 목적과 방향성이 결정됩니다. 전두엽은 뇌의 전반적인 컨디션을 포괄하고 있으며 여기에서 얻는 생체 신호는 피검사자의 정신 건강을 예측할 수 있는 중요한 정보를 제공합니다.

뇌파 검사 본연의 기능 중 하나인 뇌전증 의심 환자에게 간질파를 찾아내기 위한 검사를 시행할 필요가 있다면 대학병원에서 14개 이상의 채널을 두부 전체에 적용할 수 있는 뇌파 검사 장비를 사용해야 합니다. 기질성 뇌질환이 의심되어 관련 검사가 필요하다면 신속하게 대학병원으로 의뢰하여 적절한 검사와 치료를 받을 수 있도록 안내합니다.

우리가 살아있다는 증거는 무엇일까요. 신체 의학적으로는 당연히 심장이 건강하게 잘 뛰고 있는 상태를 통해 살아있음을 확인할 수 있습니다. 뇌과학적으로는 사람의 '의식' 상태에 좀 더 초점을 맞춥니다. 자신과 주변 환경에 대해 지속적으로 인식하는 상태를 의식이라면 이러한 의식 상태를 유지시켜주는 곳이 중추신경계의 대뇌피질(cerebral cortex), 시상(thalamus), 뇌줄기(brain stme) 등입니다. 이러한 뇌 영역의 활동 징후를 실시간으로 확인할 수 있는 검사법이 뇌파 검사(EEG, electroencephalogram)입니다.

의식은 정신 건강에서 가장 우선순위에 있는 생명 현상이므로 이를 감지하고 측정하는 기술은 매우 중요합니다. 우리의 머릿속에서는 끊임없이 전류가 흐릅니다. 뇌를 구성하는 1천억 개의 신경세포와 이를 둘러싸는 신경교세포는 수조 개에 이릅니다. 신경세포의 활성화에 필요한 미세한 전류(mV)가 끊임없이 흐르고 이를 뇌파 검사를 통해 확인할 수 있습니다.

스트레스에 반응하는
뇌파는 태어나기 전부터

우리의 생명은 어둠에서 시작됩니다. 어둠이 무조건 부정적인 것은 아니지요. 정자, 난자, 수정란, 배아, 태아까지 적어도 만 10개월간 철저히 어둠 속에 있고 시신경이 발달하기 시작하는 생후 수주가 지나야 빛을 인지할 수 있습니다. 그동안 뇌는 빛에 대한 반응보다 유전적 프로그래밍에 따라 차곡차곡 성장과 분화를 거듭합니다. 즉, 중추신경계부터 몸이 온전하고 안정적인 발달을 이어가도록 뇌가 주도하는 '인간다움'이 시작된답니다.

아무리 어둠 가운데 있어도 이 시기에는 우울하지 않습니다. 도리어 가장 편안한 상태입니다. 게다가 역동적이고 순차적인 발달이 매시간

일어나기 때문에 늘 새롭고 신기하기만 합니다.

아이가 자라서 삶 가운데 긴장과 불안이 싹트기 전, 평화로운 상태에서 뇌는 알파파를 기본으로 동조화를 이룹니다. '동조화(synchronization)'는 뇌 영역이 과부하로 긴장 상태에 묶여 있지 않고 각 뇌의 영역이 시스템 하나로 연결되어 가장 편안한 상태로 유지된다는 의미입니다. 아마도 명상의 가장 궁극적인 목적은, 무의식적으로 현존하는 기억은 거의 없더라도, 태아 때 경험했던 뇌세포가 기억하는 극강의 평온한 상태인 동조화에 이르기 위해서일 것입니다.

뇌가 하나의 시스템으로 안정화 단계에 이르기 위해서는 아무 일 없는 정적인 상태보다 수많은, 작은 시행착오를 거치는 것이 오히려 뇌 성장에 큰 도움이 됩니다. 비가 내리면 땅이 더 비옥해지고 단단해지듯이 점차 건강한 뇌로 자리매김하기 위해 소위 '가지치기(pruning, 뇌세포간 가지치기)'가 필수적입니다. 이 시기를 하나하나 거쳐야 우리의 소중한 마음을 담을 수 있는 그릇으로서 뇌 역할을 수행할 수 있습니다.

생물학적으로는 어린 시절 5~6세부터 뇌세포간 가지치기가 활발히 일어나고, 심리학적으로는 12~13세부터 사춘기를 거쳐 나와 외부세계 사이의 다른 점을 조율합니다. 참 신기하죠? 마치 악기가 제대로 소리를 내기 위해 조율이 필요하듯, 반항도 하고 새로운 모험도 해보고 권위에 순종하고 새로운 인간관계도 맺어가면서 우리의 뇌가 성숙해 가는 것이지요.

느긋한 베짱이(알파파) vs
불안이 높은 개미(베타파)

정신과에서 왜 굳이 기계 검사를 받아야 하는지 의문을 가질 수 있습니다. 뇌 과학의 발달은 각종 뇌파와 영상을 측정하는 기술을 바탕으로 이루어져 왔기에 뇌가 우리에게 알려주는 다양한 신호를 되도록 있는 그대로 잘 담아낼 수 있는 첨단 장비를 잘 활용하는 것은 이제는 선택이 아니라 필수입니다. 심리 검사는 어떤 척도를 사용해도 신뢰도와 타당도가 늘 일정하지 않을 수 있는데 뇌파와 자율신경 기능 검사는 그러한 단점을 보완하고 지금 여기에서 내담자가 경험하고 있는 뇌 건강상태를 가장 객관적으로 알 수 있다는 장점이 있습니다.

지금부터 살아있는 뇌세포가 우리에게 전하는 편지인 뇌파의 흐름을 이해하기 쉬운 분류법을 통해 살펴보겠습니다. 편안하고 안정적일 때의 뇌파와 긴장하고 분주할 때의 뇌파로 나누어서 살펴보면 좀 더 쉽게 뇌세포의 메시지를 이해하는 지름길을 찾게 될 거예요.

뇌와 뇌파 그림을 주목해 주세요. 눈으로 보이지 않지만, 우리 뇌는 천억 개가 넘는 신경세포(뉴런)로 이루어져 있습니다. 각각의 세포는 살아있음으로, 또한 자신이 어떤 상태인지를 미세한 전류의 흐름으로 알려주는데 이를 뇌파로 명명할 수 있고 뇌파의 변화양상에 따라 크게 알파계열과 베타계열로 나뉘게 됩니다.

뇌파 그림을 반으로 나누어서 보면, 아래쪽은 파형이 대체로 일정하고 잔잔한 파도와 같은 모양을 하고 있고, 이를 알파파를 중심으로 하는 '안정 뇌파'라고 합니다. 반면 위쪽은 파형이 불규칙적이고 매우 빠르고 급한 모양인데, 이는 베타파를 중심으로 하는 '불안정 뇌파'로 명할 수 있습니다. 안정 뇌파는 우리가 편안하게 호흡에 집중하고 있을 때 잘 나타나고 불안정 뇌파는 외적인 자극에 대해 긴장하거나 집중해야 하거나 혹은 불안감을 느낄 때 현저하게 늘어납니다.

다시 뇌 그림을 보시면 파란색 계열과 붉은색 계열로 나누어서 살펴볼 수 있고, 알파파가 주도하게 되면 파란색 계열로, 베타파가 주도하게 되면 붉은색 계열로 변하도록 프로그래밍되어 있습니다. 여기에서 색깔만 분리해서 아래 표와 같이 그려볼 수 있는데, 뇌가 편안한 상태로 있을 때는 푸른색 그래프, 뇌가 긴장하고 불안한 상태로 들어가면 붉은색 그래프로 나눌 수 있고 붉은색이 짙어질수록 뇌는 과부하 상태에 빠져 있음을 의미합니다.

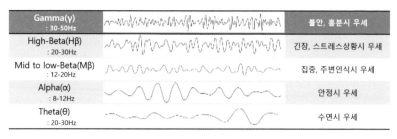

Gamma(γ) : 30-50Hz		불안, 흥분시 우세
High-Beta(Hβ) : 20-30Hz		긴장, 스트레스상황시 우세
Mid to low-Beta(Mβ) : 12-20Hz		집중, 주변인식시 우세
Alpha(α) : 8-12Hz		안정시 우세
Theta(θ) : 20-30Hz		수면시 우세

뇌파의 종류

① 델타(δ, 1~3Hz): 깊은 수면 상태로 가장 편안하게 긴장이 이완된 상태입니다. 누가 업어 가도 모르게 잠들어 있을 때로 이해하면 좋을 것 같습니다.

② 세타(θ, 4~7Hz): 깊은 명상이나 꿈을 꾸고 있는 상태에서 나타나는 뇌파입니다. 무의식에 가까운 상태로 깊은 명상을 통해 쉼과 안식의 시간을 가질 수도 있지만 악몽을 꾼다면 매우 불안정한 정서적 경험으로 잠에서 깰 수도 있습니다.

③ 알파(α, 8~12Hz): 알파파가 우세할 때 뇌는 가장 안정적인 상태입니다. 이때 대뇌피질은 동기화 상태로 학습이나 업무에 효율이 높은 상태입니다. 물론 동기화는 익숙한 환경에서 원하는 일이나 학습이 일어날 때 더 잘 일어납니다. 특히 명상을 하거나 멍 때리면서 뇌가 쉴 때에도 알파파가 우세한 경우가 많기에 수면 외에 일상에서 뇌가 쉴 수 있는 환경을 만들어주는 뇌파입니다.

④ 베타(β, 12~30Hz): 외부 자극에 추가적인 집중이 필요하거나 위험한 작업이나 상황에서 자신을 보호하기 위한 정상적인 불안과 흥분 상태로 몸을 변화시키는 뇌파에 해당합니다. 이때는 대뇌피질

오늘의 혼밥 메뉴는 뇌과학 정식

의 상태가 탈동기화(desynchronization)로 변경되어 주변 환경에 적응하는 스트레스를 감당할 준비를 하게 됩니다.

⑤ 감마(γ, 30 Hz 이상): 만성적인 혹은 높은 수준의 불안과 흥분 상태에서 발생하는 뇌파로 지속될 경우 만성적인 스트레스와 피로로 이어집니다. 뇌파와 스트레스는 어떤 연관성이 있을까요? 두 사례를 비교해보겠습니다.

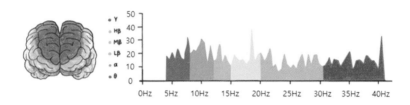

사례1 24세 여성으로 직장에서 적응상의 어려움과 과도한 업무로 인한 번아웃 상태로 내원했습니다. 실제 내원 시점에서 뇌파 검사를 시행한 결과, 긴장과 불안시 높아지는 베타와 감마파의 비중이 확연히 늘어나면서 결과지의 뇌 그림에서도 전두엽과 두정엽 중심으로 빨간색으로 변해가는 것이 선명하게 나타납니다.

지속되는 불안으로 인한 뇌파의 변화는 실제로 뇌기능의 변화를 유발하였고, 스트레스성 뇌파의 비중이 높아질수록, 뇌가 경험하는 피로도가 심해지면서 일상생활을 유지하는 집중도는 현저히 떨어집니다. 이 여성은 번아웃 직전임에도 불구하고, 아침마다 느끼는 심한 무기력을 해소하기 위해 커피를 2~3잔씩 마십니다. 카페인이라는 강력한 각성물질이 일시적으로 피로감을 해소할지 몰라도, 그 효과가 떨어질 때가 되면 내재된 불안으로 인한 초조(일종의 금단증상)감은 더 심해집니다. 사회적 가면을 쓰지만, 거짓의 가면으로 하루를 버티기에는 역부족인 셈이죠. 얼마 지나지 않아서 집에 가고 싶다, 그만두고 싶다는 생각이 가득해지게 됩니다. 실제 이 여성의 속마음이기도 했구요.

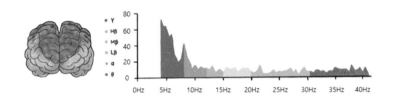

사례2 28세 남성으로 출근길 만원 지하철에서 갑작스런 호흡곤란과 간헐적인 의식소실로 내원하였습니다. 뇌파검사 결과, 과호흡이 반복되면서 베타와 감마파의 점차로 증가하고 있고, 뇌 그림에서 전전두엽 부위가 빨간색으로 변화되는 패턴이 확장되고 있습니다. 공황장애 외에 특별한 인지기능장애나 우울증이 발견되지는 않았지만, 안정적인 알파파의 비중이 감소하게 되면서 공황발작과 같은 극도의 긴장 상태가 자주 발현될 수 있는 뇌긴장상태가 지속될 것으로 예측할 수 있습니다.

여기서 주의할 점은, 이러한 소견은 실제 진료가 시작되기 전에 환자의 뇌 건강에 대한 기초 정보에 해당하며, 뇌파 검사만으로는 뇌 내 구조물의 이상 유무나 정신질환에 대한 진단을 확정할 수 없습니다.

정리하면, 뇌파는 좋고 나쁜 파형이 정해진 것이 아니고 모두가 필요하고 옳습니다. 우리 뇌를 최적의 상태로 유지하기 위해서는 느긋한 베짱이(알파 계열)와 부지런한 개미(베타 계열)가 모두 필요합니다.

우리의 뇌는 하나이지만, 이 하나의 뇌 속에서 델타, 세타, 알파, 베타 그리고 감마에 이르기까지 다양한 파형의 뇌파들이 각자의 고유한 역할을 수행합니다. 마치 핸드폰의 배터리처럼 일을 해야 할 때는 베타 계열 뇌파들이 힘을 합쳐 스트레스를 대처해 나가면서 에너지를 소진하게 되고, 충전이 필요할 때는 알파 계열 뇌파들이 쉼을 주도하면서 에너지가 다시 회복되도록 뇌를 안정상태로 유지시켜 줍니다.

당신의 심장은 어떻게 뛰고 있나요? 자율신경기능검사

자율신경기능검사는 심장 박동의 미세한 변화를 분석하여 자율신경계의 교감, 부교감의 균형과 성인병의 주범인 스트레스의 정도를 측정합니다. 심박변이도(heart rate variability, HRV)를 측정하는데 심박도의 변이를 3분간 추적 관찰하여 전반적으로 자율신경계의 균형감과 함께 스트레스 정도를 측정합니다.

뇌가 하는 가장 중요한 일은 머리를 쓰는 일(공부, 독서 등) 보다는 몸을 잘 돌보는 일(오장육부를 편안하게)입니다. 그런데 각종 스트레스로 인해 뇌의 과부하상태가 지속되면 몸을 돌볼 수 있는 에너지가 부족하게 됩니다. 그림을 보시면 스트레스가 적을 때의 HRV 곡선과 스트레스가

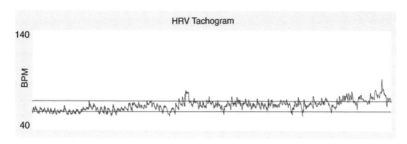

정상적 HRV는 스트레스가 낮고 자율신경계 활성이 잘 유지됩니다

많을 때의 HRV 곡선 사이에 뚜렷
한 차이가 나타납니다. 뇌에는 자
율신경계를 조율하는 센터가 존재
하며, 이 자율신경계가 최우선적으
로 심장의 활동성을 조율하는데 뇌
가 피로한 상태로 자율신경계에 과
부하가 걸리면 그만큼 심장에 신경
을 쓰지 못하게 됩니다. 이러한 상
태가 그림에서 파동과 주기가 떨어
지는 모습으로 그대로 반영됩니다.

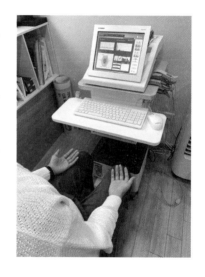

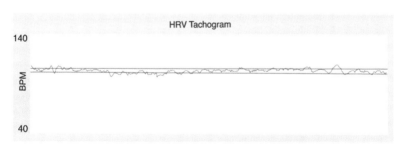

비정상적 HRV는 스트레스 과다로 자율신경계 활성도 저하됩니다

심장은
자율신경의 모니터

이 검사를 하는 가장 핵심적인 이유는 심장이 얼마나 자연스럽고 편안하게 잘 뛰는지를 보기 위해서입니다. 스트레스가 적을수록 녹색 그래프의 변동 폭이 크고 자연스러우며 반대로 스트레스가 많을수록 녹색 그래프의 변동 폭이 좁아져서 반응성이 현저히 떨어진다는 것을 나타냅니다. 심장은 온몸에 혈액을 공급하고 뇌과학적 관점에서는 뇌(CPU 역할)에서 생성되는 감정 정보를 있는 그대로 신속하게 심장(모니터)에 전달하기 위해서 오늘도 열심히 뛰고 있습니다.

심장은 모니터에 해당합니다. 감정이 드러나는 곳은 얼굴이 아니냐고 반론을 재기할 수도 있습니다. 그러나 표정은 정말 내가 원하는, 솔직하고, 있는 그대로의 감정을 드러내고 있을까요? 단연코 그렇지 않습니다.

사회적 미소를 짓기 전 단계인 신생아는 그럴 수 있지만, 사람이 나이를 먹고 성숙해지면서 사회적 가면(social persona)이 형성되기 시작합니다. 사회적 가면과 동의어는 '사회적 책임', '사회적 의무', '누군가가 바라고 기대하는 삶'이라고 표현할 수 있습니다. 사회적 가면은 나의 욕구나 바람과는 거리가 있습니다. 그래서 심장만큼 있는 그대로의 감정을 표현하는 신체 장기는 찾아보기 어렵습니다.

심장은 사회적 가면이라는 가림막이 씌워지지 않은 채로 뇌의 신호와 직접 연결된 내부 장기이며 뇌와 가장 가깝고 가장 선명한 해상도를 가지고 있기 때문에 세세한 기분의 변화까지 감지할 수 있는 감정

　　　　　　　　　　　오늘의 혼밥 메뉴는 뇌과학 징식

의 모니터 역할을 합니다.

누구나 심장을 통해 내가 느끼는 감정이 있는 그대로 선명하고 확실하게 드러나야 하는데 실제로는 그렇지 못합니다. 심장에는 사회적 가면도 없는데 왜 그럴까요? 이 질문에 대한 답은 자율신경계에서 찾아야 합니다. 자율신경계를 이루는 해부학적 구조물은 뇌와 신체를 연결하는 다양한 신경섬유다발입니다. 자율신경계의 신경 다발은 뇌와 척수로를 통해 사람의 심장부터 내부 장기와 피부까지 이어집니다.

자율신경계의 신경 다발은 '달팽이' 같습니다. 달팽이 같은 자율신경계의 신경 다발은 외압, 즉 스트레스에 매우 민감합니다. 스트레스가 지속될 경우 달팽이가 매우 위축되어 등에 붙은 집에서 얼굴을 못 내밀듯이 자율신경계의 위축 상태가 지속되면 결국 온전히 신경 정보를 전달할 수 없게 됩니다. 제한된 신경 정보로는 감정이 온전하게 전달되지 못할 뿐 아니라 감정이 가진 희로애락의 부드럽고 안정적인 리듬(정서적 안정감)을 유지하지 못하고 매우 얕아지거나(정서적 둔감), 매우 급한(불안정한 정서) 상태가 될 수 있습니다. 이는 시간이 지나면서 자율신경계의 부조화로 이어져 교감신경이 과도하게 활성화되거나 부교감신경이 지배적으로 작동합니다. 교감신경이 극도로 활성화되면 공황장애가 생길 수 있으며 교감신경이 작동하지 못하고 부교감신경이 지배적으로 작동할 경우에는 우울증으로 이어질 수 있습니다.

교감신경과 부교감신경은 자동차의 액셀러레이터와 브레이크 역할을 수행합니다. 목표를 성취하기 위해서는 과감하게 교감신경이 활성화되는 것도 필요하고, 때로는 엄마 배 속에 있을 때처럼 완전한 안식의 상태로 빠져들기 위해 부교감신경이 지배적인 상태로 일정 시간 유지하는 것도 나쁘지 않습니다. 모두 필요한 기능이죠. 이렇게 자율신경계가 체내에서 자신의 임무를 수행할 때 자율신경계를 통해 몸의 원하는 상태에 도달해 잘 유지하는 역할을 담당하는 매개자들이 중추신경계에 존재하는데 이들을 '뇌 호르몬'이라고 합니다. 자율신경계는 체내에서 자신의 임무를 효율적으로 수행하기 위한 도구로 뇌 호르몬을 활용하는 것이지요.

너와 나의
뇌 호르몬은 똑같다

호르몬은 눈에 보이지 않을 정도로 미세한 입자의 단백질로 구성되어 있습니다. 특히 자율신경계를 조율하는 대표적인 호르몬은 항시 우리 몸에서 일정량 이상으로 분비됩니다. 이들은 우리 몸의 각 장기에 영향을 미치면서 가장 편안하면서도 적절한 기능을 수행하는 데 핵심적 역할을 수행합니다.

뇌에서 작용하는 미세 물질들은 교감신경계 호르몬과 부교감신경계 호르몬으로 나뉘어 있고, 외부 환경이 주는 외력(스트레스)에 대해 적절하게 대처할 수 있는 호르몬의 종류와 지속되는 시간은 각 사람이 환경에 적응하는 정도에 따라 달라집니다. 여기서 중요한 점은 호르몬이 활성화된다는 것은 스트레스적 환경에서 우리 몸을 가장 안전하게, 혹은 가장 편안한 상태를 유지하는 최고 성능의 소위 '자동항법시스템'이 우리의 의식적 노력 없이 자동으로 이루어진다는 것입니다. 그것도 하루 24시간 흔들림 없이!

호르몬에 대한 이해가 중요한 이유는 사람마다 기질이나 성향, 스타일이 다를 수밖에 없지만 호르몬은 우리 모두가 동일하게 공유하는 생물학적 공통분모를 가지고 있기 때문입니다. 각각의 호르몬이 몸속에서 상당히 유사한 패턴으로 작용하기 때문에 외적으로 발현되는 모습만 보더라도 어떠한 호르몬이 작용하고 있는지 예상하는 일은 그리 어렵지 않습니다.

하지만 예외가 있는데 바로 스트레스입니다. 바라지 않았고 예기치 못한 스트레스를 받게 되면 호르몬은 혼란스러울 수 있습니다. 스트레스는 곧 호르몬의 충동적 반응성을 극대화하여 오히려 뇌와 신체 장기에 과부하를 유발할 수 있기에 평소에 적절한 스트레스 전략을 미리 세워 두고 대비할 필요가 있습니다. 그래야 부득이한 스트레스 상황도 지혜롭게 극복할 수 있고 뇌가 가진 회복 능력으로 최적의 체내 항상성을 유지할 수 있기 때문입니다.

우리가 잘 알고 있는 전두엽, 두정엽, 측두엽, 후두엽은 뇌를 이해하기 위한 편의를 도모하기 위해 인위적 구분해 놓은 지정학적 울타리 개념입니다. 실제로 뇌가 스트레스에 반응할 때는 동서남북처럼 분리된 개념보다는 호르몬이 분비되는 경로를 통해 하나의 개념, 한 몸으로 반응합니다. 뇌가 반응한다는 말은 외부 자극에 호르몬이 즉각 반응한다는 뜻입니다.

외부 자극은 뇌를 포함한 중추신경계(central nervous system, CNS)를 활성화시킵니다. 대표적인 신경전달물질은 아세틸콜린, 노르아드레날린, 도파민, 세로토닌입니다. 신경전달물질은 혈액처럼 눈에 보이지 않는 미세 물질이며 아주 미세한 양으로도 뇌 기능 및 중추신경계의 활성도를 주도합니다. 각각의 물질은 서로 도르래처럼 연결되어 있어서 서로 양성 피드백과 음성 피드백을 주고받으면서 뇌를 최적의 상태로 유지합니다.

3장

아세틸콜린
누구도 대체할 수 없는 '관종' 호르몬

아세틸콜린은 나서기를 좋아합니다. 뇌의 구석구석을 깨우는 역할을 하기 때문에 무슨 자극이든 일단 반응하고 보는 '나서기 대장' 같은 면이 있죠. 그래서 '관종 호르몬'이라고 이름을 붙여봤습니다. 아세틸콜린은 뇌의 처음과 끝, 그러니까 거의 모든 영역에 분포합니다. 모든 호르몬의 출발점은 공통적으로 생명 뇌인 뇌 줄기(brain stem)입니다. 뇌 구조를 전체 3층으로 본다면 뇌 줄기가 담당하는 1층은 앞서 소개한 바와 같이 생명 뇌 역할을 합니다. 생명 뇌는 심장과 폐 운동을 활성화시켜 온몸에 신선한 산소와 혈액을 공급합니다.

아세틸콜린은 두 가지 경로로 분비됩니다. 일종의 출발선이 두 개인

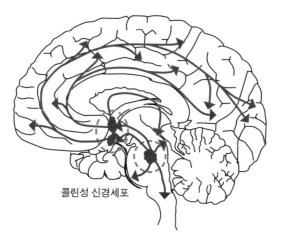

콜린성 신경세포

아세틸콜린의 분비 경로 및 콜린성 신경세포의 위치

셈입니다. 하나는 전두엽 아래에 위치하여 분비되는 즉시 빛의 속도로 전두엽을 거쳐 쭉 올라가 두정엽에서 정점을 찍은 다음, 직하강하여 후두엽(시각뇌)까지 넘어갑니다. (아세틸콜린의 이러한 특성 때문에)아침에 눈을 뜨기 전에 뇌는 이미 깨어날 준비를 하는 셈이지요. 또 하나는 생명 뇌에서 출발하여 소뇌로 연결되는 경로입니다. 소뇌는 균형을 유지하고 운동을 관장하며 평소 학습을 통해 어떤 운동을 실행할지 준비 태세를 갖추고 있습니다.

뇌가 항상 일정 수준의 긴장을 유지하기 위해서는 호르몬의 역할이 매우 중요합니다. 고양이 같이 몸의 균형을 잘 잡는 동물이 좋은 예가 되겠네요. 고양이는 높은 곳에서 예기치 못하게 떨어져도 중력과 떨어지는 방향에 맞춰 몸을 순식간에 전환한 다음 착지합니다.

아세틸콜린은 몸의 신진대사(자율신경계)를 관장하는 시스템에서 기

오늘의 혼밥 메뉴는 뇌과학 정식

초가 되는 호르몬입니다. 자율신경계가 교감·부교감신경계로 시소처럼 왔다 갔다 합니다. 자율신경계의 작동원리는 동네 놀이터에서 흔히 보는 시소와 매우 흡사하거든요. 시소를 재밌게 타는 아이들을 보면 서로 번갈아 가며 아래위로 왔다 갔다 하면서 놀이를 즐깁니다. 자율신경계에서 교감과 부교감신경계는 마치 시소 놀이를 하는 2명의 아이처럼 서로의 활성도가 높아졌다가 낮아지기를 반복하게 됩니다. 시소를 움직이는 기본 에너지원이 아세틸콜린입니다.

아세틸콜린은 자율신경계의 필수 호르몬이며 뇌에서 가장 넓고 광범위하게 분포되어 있고 많은 분비량을 자랑합니다. 아세틸콜린은 기본적으로 신경세포 간 교류를 촉진하기 위한 기초 에너지를 유지시켜 줍니다. 신체 전반에 미치는 혈압 조절, 심박동 억제, 장 운동 활성화, 골격근 수축, 말초신경 활성화도 담당합니다.

또한 뇌와 척수를 아우르는 중추신경계에서 신경계가 스스로 회복하고 성숙하는 데 기초가 되는, 우리의 경험(새로운 자극, 훈련, 외상 등)이 신경계의 구조적, 기능적 변화를 일으키는 신경가소성(neuro plasticity), 세상에 대한 기본적 호기심(각성), 세상을 살아가는 이유(보상기전), 추억을 토대로 새로운 나를 발견하는 과정(학습과 기억) 등에도 관여합니다. 이 밖에도 아세틸콜린의 기능은 지금도 연구 중이기 때문에 추가적인 역할이 더 밝혀질 수 있습니다.

아세틸콜린은 뇌의 인지기능과 가장 관련이 높습니다. 이는 종국에 알츠하이머에서 보이는 전형적인 기억 및 인지기능 장애로 이어집니다. 퇴행성 병변으로 뇌에서 아세틸콜린을 분비하는 세포의 기능이 저하 및 사멸하는 이유가 연구되고 있습니다.

아세틸콜린은 REM(급속안구운동) 수면의 유도와 조절에 중요한 역할을 하는 뇌내 호르몬입니다. 이 신경전달물질은 뇌간과 대뇌피질에서 활동을 자극하여 REM 수면의 발생을 촉진합니다. 특히, 뇌간에서는 REM 수면의 초기 단계를 유도하고, 대뇌피질에서는 꿈을 꾸는 동안의 인지적 과정을 지원합니다. 이 과정은 뇌가 정보 처리와 기억 정리에 필요한 시간을 제공하는 데 기여합니다.

아세틸콜린의 불균형은 REM 수면의 질과 양에 부정적인 영향을 미칠 수 있습니다. 호르몬의 과도한 분비나 부족은 REM 수면 주기의 불규칙성을 초래하며 이는 기억력 저하나 정서적 불안정과 같은 문제를 일으킬 수 있습니다. 따라서 아세틸콜린의 적절한 수준 유지는 건강한 REM 수면과 전반적인 뇌 기능을 유지하는 데 꼭 필요합니다.

4장

노르아드레날린
위험을 알리는 '사이렌' 호르몬

노르아드레날린을 '사이렌 호르몬'이라고 한 이유는 아이러니하게도 평상시에 사이렌이 울리지 않기를 바라기 때문입니다. 사이렌은 범상치 않은 위험한 일이 일어나서 이에 대해 적절한 대처를 해야 할 때 울립니다. 사이렌이 울리면 뇌는 일상을 멈추고 스트레스가 어디에서 시작되었고 나에게 미치는 영향은 무엇인지, 그리고 어떤 대처를 해야 할지 매우 빠른 시간에 가장 안전한 방법을 채택해야 하므로 극도의 부담을 느껴 다른 모든 이슈를 압도해 버립니다.

이러한 위험 상황에서 가장 효율적인 역할을 수행하기 위해 노르아드레날린은 뇌에서 가장 짧은 경로를 통해 뇌가 필요한 정보를 순식간에 전달해야 합니다. 노르아드레날린이 생명 뇌에서 분비된 후 뇌를 타고 올라가는 경로는 아세틸콜린인 '관종 호르몬'에 비해 목표지향적이고 '묻지마 직진' 느낌이 강합니다.

노르아드레날린의 분비 경로를 잘 살펴보면 생명 뇌에서 출발해서 뇌궁(2층 뇌)을 중심으로 이어가다가 아세틸콜린과는 다르게 인지 뇌(3층 뇌)는 그냥 지나갑니다. 세세한 인지적 영역보다는 일단 뇌 전체에 심각성을 빨리 전달하는 것이 우선이기 때문입니다.

또한 위험에 대처하기 위해 뇌 외에도 신체 반응을 즉각적으로 반응하게 만들어야 합니다. 그래서 듀얼 시스템으로 분비됩니다. 뇌뿐만 아니라 신장을 덮고 있는 부신수질(콩팥의 머리에 해당하니 몸속의 또 다른 작은 뇌라고 볼 수 있겠네요)에서도 사이렌 호르몬이 분비돼 스트레스 상황에서 몸을 최적의 상태로 만들어 줍니다. 몸이 마을이라면 위험 상황을 통제하기 위해서 시민을 통제하는 경찰이 신체 구석구석, 마을 구석구석으로 퍼져가는 것입니다.

이러한 상황이 과연 몸에 바람직할까요? 그렇지 않습니다. 그래서 신속하게 위기 상황을 해결한 후에는 안정을 찾고 사이렌 호르몬은 원래의 자리를 지키기 위해 잠잠히 대기 모드로 다시 바뀌어야 합니다. 노르아드레날린은 두 가지 경로를 가지고 있지만, 출발선을 생명 뇌로 동일합니다. 노르아드레날린이 가장 먼저 도달하는 곳은 편도(amygdala)로 뇌 전체를 활성화시키고 선제적으로 현재 직면하고 있는 외부 스트레스를 뇌에 각인시키는 역할(memory consolidation)을 합니다.

　　　　　　　　　　　　　　　　오늘의 혼밥 메뉴는 뇌과학 정식

단시간에 몸을 가동시키는 노르아드레날린

노르아드레날린은 스트레스 상황에서 매우 왕성하게 분비되는 호르몬 중 하나로, 주의와 충동성이 제어되는 뇌 부분에 영향을 미칩니다. 노르아드레날린과 함께 투쟁 또는 도피 반응을 만들며 신체 전반에 최적의 교감신경계 활성도 유지를 위해 심박수를 증가시키고 지방 분해를 촉진시켜 에너지 방출을 극대화합니다.

한마디로 노르아드레날린은 짧은 시간 안에 즉각적으로 몸이 각 상황에 맞는 행동을 할 수 있도록 뇌를 포함한 몸 전체를 가장 파워풀하게 가동시키는 역할을 합니다. 노르아드레날린은 일종의 군대 역할이기에 전쟁 같은 급박한 상황이 아닌 평소에는 군대가 출동하면 곤란하겠지요? 국민은 군대가 필요 없는 평화로운 상태를 원하듯이 우리 몸이 원하는 바도 이와 동일합니다.

활동성에 기여하는 노르아드레날린의 특성상 평소에는 몸이 깨어 있는 낮 시간에 분비량이 가장 많습니다. 그러나 스트레스나 위험 상황에 놓이게 되면 분비량이 수배 이상 높아지고 분비 속도도 매우 빨라지므로 노르아드레날린 효과는 수십 배에 이를 수도 있습니다.

노르아드레날린의 또 다른 역할은 각성을 통해 주의집중 능력을 높여 육체적·정신적 안전을 위한 경계를 촉진하며, 일상에서 일과 학습 효능을 높이기 위해 기억 형성을 강화시킵니다. 신체적으로는 심박수와 혈압을 증가시키며, 목적지향적인 행동에 필요한 에너지를 안정적으로 공급하기 위해 에너지 저장고에서 포도당의 방출을 촉진하고, 필요하다면 투쟁과 도피를 위해 골격근으로 혈류를 증가시키게 됩니다. 또한 상대적으로 위장으로 분비되는 혈류를 감소시키고 방광의 배뇨 및 위장 운동을 억제합니다.

　노르아드레날린은 뇌의 아주 작은 핵에서 분비되는데 크기는 매우 작지만, 파급력이 자율신경계 전반을 아우를 정도로 매우 폭발적입니다. 노르아드레날린의 가장 중요한 공급원은 '청반'[7]으로 영장류는 뉴런 약 15,000개를 포함하며 이는 뇌 뉴런의 100만분의 1 미만입니다. 그럼에도 불구하고 청반은 소수정예의 특수부대처럼 뇌의 모든 주요 부분과 척수까지 방출될 정도로 신속한 분비 능력을 보유합니다.

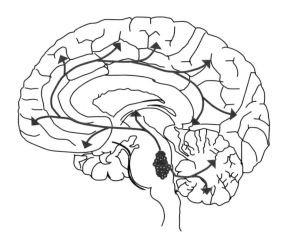

노르아드레날린의 분비 경로

---

7) locus coeruleus. 생명 뇌(1층)에 위치하며 각성 및 자극에 관한 신경조절물질인 노르아드레날린을 대규모로 분비시키는 역할을 수행한다.

　오늘의 혼밥 메뉴는 뇌과학 정식

청반은 각성(경계) 및 위험에 대처(반응 속도)하는 일에 광범위하게 관련합니다. 사람은 주의를 끄는 모든 종류의 자극을 받으면 청반의 활동이 증가하는데 대표적인 자극으로는 통증, 호흡곤란, 방광 팽만, 추위나 더위 같은 불쾌한 자극을 받을 때입니다.

청반에서 방출되는 노르아드레날린은 여러 방식으로 뇌 기능에 영향을 미칩니다. 그것은 마치 스트레스라는 파도 위에서 안정적인 항해를 이어가야 하는 배의 관제탑(전전두엽 피질)이 시시각각 변하는 주변 환경 정보(감각 정보)를 정확하게 타겟팅(주의집중)하여 수집하고, 이 감각들을 분석하는 데 도움이 되는 기억정보들을 메인컴퓨터의 저장장치(전두엽)에서 적절히 인출함으로 새로운 지식체계로 업그레이드 시키는 데 노르아드레날린의 역할이 매우 크다는 것을 시사합니다.

노르아드레날린의 효과는 광범위하게 말해서 스트레스 상황에서 즉시로 민첩하게 대응하기 위해 몸을 최대한 단시간 내에 활동적이고 민감한 상태로 유지시켜주는 역할을 담당합니다. 단, 위기관리를 위한 에너지 소비의 급격한 증가는 심신의 피로감이 과도해지거나 나아가 신경계의 소진현상으로 인해 스트레스가 반복될 경우 적절한 대처가 갈수록 어려워질 수 있는 한계가 있습니다. 이는 아세틸콜린이 부교감신경계를 통하여 교감신경계의 활성으로 잔뜩 긴장했던 몸을 회복시키고, 신경계의 소진된 에너지를 충전하는 것과는 대조되는 부분입니다.

공황장애
자율신경계 균형이 무너질 때 밀려오는 쓰나미

아세틸콜린과 노르아드레날린이 매우 중요한 역할을 수행하는 질환이 바로 공황장애입니다. 공황장애는 자율신경계 부조화로 일어나는 대표적인 질환입니다. 뇌가 과부하에 걸리면 자율신경계 센터를 맡고 있는 시상과 시상하부의 조절 능력이 저하되는데, 이 때문에 아세틸콜린은 자신의 역할을 유지하기가 어려워집니다. 아세틸콜린은 뇌의 거의 모든 신경 회로를 움직이는 연료 역할을 하는데 뇌가 스트레스에 과하게 시달리면 콜린성 신경세포 및 신경연접에 관한 콜린성 호르몬이 소진되어 뇌 안정화를 위한 부교감신경계의 회복 기능을 제대로 활용할 수 없게 됩니다. 따라서 스트레스 환경이 개선되지 않는다면 호르몬의 소진상태로 인해 몸의 적응 능력 또한 저하됨으로 반복되는 공황 증상이나 공황에 대한 예기불안이 가중되는 악순환의 고리에 빠져들게 됩니다.

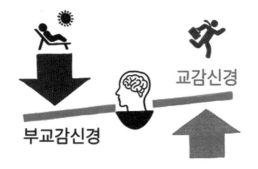

교감시경과 부교감신경은 시소처럼 서로 균형을 이루고
있습니다. 양쪽 모두 공통적으로 아세틸콜린을 분비하고
최종적으로 교감신경계 활성화는 노르아드레날린이,
부교감신경계는 아세틸콜린이 담당합니다.

자율신경계 균형감을 떨어뜨리는 또 다른 습관: 니코틴 중독

뇌 신경세포는 콜린성 호르몬과 궁합이 좋습니다. 그런데 놀랍게도 니코틴은 콜린성 신경세포에 대한 반응성이 아세틸콜린에 비해 30배 이상 높습니다. 실제로 담배를 피우는 순간 뇌의 안정성을 유지하는 아세틸콜린은 멈추고 뇌 신경세포가 니코틴에 반응하면서 도파민을 분비하는 중독성 신경 회로가 뇌 활동을 주도합니다. 자율신경 시스템에서 부교감신경계의 근간을 이루는 아세틸콜린은 안정적으로 생성될 때는 그 존재감을 드러내지 않지만, 제대로 분비되지 않을 때는 부교감신경계와 연결된 몸의 장기들이 고유한 기능을 상실하는 참사가 일어납니다. 앞서 설명한 대로 교감신경계와 부교감신경계는 서로 분리해서 생각할 수 없는 자율신경계 '시소'의 양축을 형성하며, 시소의 중앙을 받치는 버팀목이 다름 아닌 아세틸콜린이기에 이 버팀목이 흔들리면 전체 자율신경계의 교란이 일어납니다. 그래서 공황장애가 오면 의식 소실, 과호흡, 빈맥, 발한, 무감각 등의 증상이 나타나는데 이는 뇌의 신체 조절 기능이 혼란스러워졌기 때문입니다.

일어나자 마시는 커피 한 잔과 담배! 그런데 말입니다

김 과장은 하루 일을 마치기까지 담배 반 갑(10개피)은 피워야 합니다. 스트레스가 많은 날은 한 갑을 다 피워도 부족합니다. 옆자리 홍 대리는 일을 시작하려면 아침에 커피를 반드시 마셔야 합니다. 미팅이 있는 월요일은 커피 2잔이 기본입니다. 김 과장이 담배를 피우고 홍 대리가 커피를 마셔야만 하는 이유를 뇌 호르몬의 관점에서 살펴보면 서로 깊은 연관이 있습니다.

담배를 피울 때 니코틴이 뇌에 흡수됩니다. 뇌는 놀라울 정도로 니코틴에 폭발적으로 반응합니다. 니코틴은 외부에서 유입되는 물질이지만 뇌에서 분비되는 아세틸콜린과 매우 닮았습니다. 아세틸콜린은 뇌전체에 골고루 분포하는 소수의 호르몬 중 하나입니다. 뇌의 전 영역에 분포되어 있으므로 뇌를 전체적으로 활성화시키고 각성시킵니다.

흥미로운 점은 니코틴이 '아세틸콜린과 매우 닮은 신경 전달 물질'이라는 건데요. 니코틴이 뇌에 들어오면 뇌 신경세포의 수용체가 아세틸콜린을 닮은 니코틴과 진짜 아세틸콜린 둘 중에 니코틴을 선택할 확률이 30배 이상 높습니다. 신경세포와 니코틴은 더 빠르고 친화적으로 반응하기 때문에 시간이 지날수록 우리 몸은 니코틴에 대한 의존성이 강해집니다. 원래는 아세틸콜린이 뇌의 엔진에 시동을 거는 역할을 했는데 몸이 니코틴에 의존하게 되면 아세틸콜린에 대한 반응이 떨어지거나 내성이 생깁니다. 강력한 니코틴이 더 편하고 효율적인 휘발유라고 속게 됩니다.

김 과장은 15년 넘게 담배를 피우고 있습니다. 담배를 줄이거나 금연하고 싶어도 쉽지 않습니다. 그의 아침을 깨우는 고유한 신호는 자연 호르몬이 아닌 발암성 물질 4천 종 이상을 유발하는 담배 연기입니다. 인위적 자극으로 활성화된 뇌는 활성도를 꾸준하게 유지할 수 없

오늘의 혼밥 메뉴는 뇌과학 정식

고 반감기(유효기간)가 짧아서 적어도 1시간 단위로 계속 니코틴을 주입해야 합니다.

홍 대리는 커피를 맛보다 카페인 때문에 마십니다. 카페인은 아세틸콜린 분해를 억제하는 역할을 합니다. 즉, 아세틸콜린의 생명을 연장하죠. 물론 효과는 제한적입니다. 담배나 커피처럼 뇌를 인위적으로 활성화시키는 물질의 지속 시간은 그리 길지 않고, 시간이 갈수록 효과 또한 떨어지기 때문입니다. 결과적으로 커피는 아세틸콜린 활성을 유도하여 뇌세포를 흥분시킵니다. 이는 증가된 콜린성 활성과 관련 있는데요, 커피를 마시면 니코틴과 비슷한 효과로 아세틸콜린 시스템을 각성시킵니다.

카페인은 니코틴처럼 콜리너직 시스템을 활성화시키지는 않지만, 아세틸콜린의 활성이 지속되도록 후방에서 지원합니다. 게다가 아세틸콜린의 분해를 막는 효과도 있으니 홍 대리가 커피의 유혹을 뿌리치는 게 쉽지 않을 겁니다. 콜리너직 시스템이란, 뇌에 시동을 건다는 의미로 이해하면 쉽습니다. 뇌를 기능적으로 전두엽, 후두엽, 측두엽, 두정엽으로 나눌 수 있지만, 호르몬의 관점에서는 모든 뇌영역이 긴밀하게 연결되어 있는 하나의 시스템, 한 몸으로 연결되어 있습니다. 하나의 시스템으로 일하기 위해서는 뇌를 하나로 연결시키는 신경망이 필수적인데, 뇌의 구석구석 가장 광범위하게 분포하고 있는 대표적인 신경연결망이 바로 콜리너직 시스템입니다. 이러한 이유로, 콜리너직 시스템은 전체 뇌영역이 동시에 균형감 있게 잘 일할 수 있는 상태로 준비시키는 역할을 수행하게 됩니다.

한마디로 '뇌 시동걸기'로 뇌기능을 활성화시키는 시스템으로 이해할 수 있습니다. 하지만 아세틸콜린 활성이 과도하게 유지되면 뇌는 과부하 상태에 빠져 회복 호르몬이 제대로 작동하기 전에 번아웃됩니다. 신경세포가 번아웃에 가까운 정도로 지치면 커피를 아무리 마셔도 과도한 각성 효과로 더 예민해지거나 긴장과 불안이 심해집니다. 각성 효과가 뒤늦게 이어지면서 불면증이 유발되기도 하는데 이는 카페인 의존하는 사람들이 경험하는 일반적인 증상입니다.

그렇다면 아세틸콜린이 문제의 원인일까요? 절대로 그렇지 않습니다. 아세틸콜린은 자율신경계에서 없어서는 안 될 호르몬이며 뇌에서 가장 넓고 광범위하게 분포하며 분비량 또한 많습니다. 담배와 카페인이 뇌에 침투하는 가장 효과적인 교두보인 아세틸콜린을 활용하는 비상한 전략에 우리가 넘어간 것이지요.

5장

도파민
'행복' 호르몬

도파민은 생명 뇌의 두 영역에서 분비됩니다. 각각 쾌감과 운동을 담당하는데 어떤 행동을 시작하기 위한 동기 부여 측면에서 바라보는 것이 가장 중요합니다. 맛있는 음식을 보면 침이 고이고 먹고 싶다는 마음. 그것만으로 우리는 시간과 비용을 마다하지 않고 저 멀리 제주도 시골에 있는 맛집까지 찾아갑니다. 술에 대한 갈망은 말할 것도 없고요. 친밀감, 성적 기대감 모두 '행복 호르몬'인 도파민이 관여합니다.

도파민은 이기적인 유전자에 기반합니다. 내가 행복하지 않다면 다른 사람을 배려하고 이롭게 하기 어렵습니다. 그래서 도파민이 가지고 있는 정체성 혹은 방향성은 나의 마음에 집중하는 데에서 시작합니다. 이를 위해서는 신속하게 이동할 수 있는 뇌의 지름길을 활용하게 됩니다.

'도파민'은
유효기간이 짧습니다

심리검사 중에 가장 솔직하게 주관적인 생각을 표현할 수 있는 도구는 단연 '문장완성검사'입니다. 이 검사에 포함된 항목 중에 제가 가장 눈여겨보는 항목이 내가 늘 원하는 것이 무엇이냐는 질문이며, 이에 대해 행복이라는 단어가 가장 많이 나왔습니다. 그만큼 힘든 시기에 행복에 대한 간절함이 더 커지고 있음을 알 수 있습니다. 그렇다면 과연 뇌에서는 행복을 어떻게 경험하고 있는 걸까요? 도파민이 그 답을 가지고 있습니다. 뇌에서 도파민이 작용하는 방식은 다른 호르몬과 달리 4개의 뇌영역에서 각기 다른 효과를 일으키며, 이 4가지가 함께 유기적으로 활성화될 때 자신이 원하는 행복에 더 가까워지게 됩니다.

도파민은 뇌에서 4개 경로로 분비됩니다.

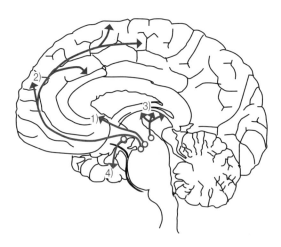

도파민의 행복 경로 4가지

오늘의 혼밥 메뉴는 뇌과학 정식

첫째는 1) 행복 경로입니다. 의학적으로는 '중뇌변연계 도파민 경로(mesolimbic dopamine pathway)'라고 하는데 줄기뇌(brain stem)에 있는 도파민성 신경세포체에서 변연계에 있는 신경계로 이어집니다. 감정을 느끼고 표현하는 핵심 구조물인 변연계(limbic system)의 중간(meso-)을 가로지르는 경로라는 뜻이고요. 이 경로는 도파민의 출입만 허용합니다. 종착역에 자리 잡은 중격의지핵(nucleus accumbens)을 활성화시키는 열쇠가 바로 도파민이기 때문입니다.

중격의지핵은 뇌의 보상 센터입니다. 놀이기구를 탈 때 온몸에 소름이 돋는 쾌감 같이 도파민을 통해 강한 육체적 신호를 생성해 내는 곳입니다. 뇌의 보상 센터를 꾸준히 적절하게 자극하면 정신 이상 증상을 드라마틱하게 호전시킬 수 있는 지름길이 될 수 있습니다. 물론 치료를 위한 자극에 한해서입니다. 만약 과도하고 중독성 있는 자극에 의존하면 역으로 정신병적 증상이 일어날 수 있습니다.

행복 호르몬인 도파민은 우리에게 돌이킬 수 없는 상처를 유발시키는 가시를 한가득 품고 있기도 합니다. 그래서 함부로 개방하지 말아야 하는, 정말 조심스럽고 안전하게 관리해야 할 호르몬입니다. 특히 환각(환청, 환시 등)은 중뇌변연계 도파민 경로에서 발생할 수 있는 대표적인 병리 현상이며 망상과 사고 장애와도 높은 연관성이 있습니다. 도파민을 증가시키는 불법적 약물을 사용하면 이 경로가 비정상적으로 활성화되어 정신병적 증상, 이른바 '양성 증상(positive symptom)'이 나타납니다. 여기서 '양성'은 정신병이 발현되는 신호로 없던 증상이 확인되었다는 뜻입니다. 중뇌변연계 도파민 경로에서 병리 현상을 유발하는 대표적인 물질로 암페타민, 코카인 등이 있으며 이들은 환각과 피해망상을 유발하기 때문에 조현병과 구분이 쉽지 않습니다.

둘째는 2) **지적 경로**입니다. 의학적으로는 '중뇌피질 도파민 경로 (mesocortical dopamine pathway)'로 첫 번째 경로와 유사하게 VTA에 있는 도파민성 신경세포체에서 대뇌피질 전전두엽으로 이어집니다. 전두엽으로 가는 지름길이기도 합니다. 전두엽은 뇌에서도 통합 조절기관으로서 '나'다움을 만들어내는 곳입니다. '그 녀석 한 성격하네', '참 품성이 깊고 온유하시네요' 같은 표현에서 알 수 있듯이 성장을 거듭하면서 성숙한 인격체가 되기까지 한 사람이 살아온 길의 총합이 전두엽에 담겨 있습니다.

도파민이 빠른 속도로 전두엽과 '접속'하면 전두엽의 역량이 깨어납니다. 한 통계 조사에 따르면 많은 사람이 열정적으로 일에 집중할 때 이성이 가장 매력적으로 보인다고 대답했습니다. 자신이 원하고 좋아하는 일에 집중할 수 있게 하는 호르몬이 바로 도파민입니다. 이 경로에서 일어날 수 있는 병리 현상은 '주의력 결핍 과잉행동장애(ADHD)'처럼 인지기능이 저하되는 증상과 깊은 연관이 있습니다. 도파민이 부족하면 온 마음을 다해 한 가지 일에 집중하기가 어렵습니다. 도파민이 부족할수록 집중하는 시간이 짧아지고 주변의 사소한 자극에 반응하게 되면서 산만해집니다.

일반적으로 주의력 결핍 과잉행동장애를 학습 장애로만 이해해서 머리 좋아지는 약을 찾는 경우도 있습니다. 하지만 도파민은 머리가 좋아지게 하는 물질이 아니라 '내가 왜 여기에 있고, 내가 하고 싶은 일이 무엇이고, 이를 위해 얼마나 집중이 필요한지'에 대해 나를 중심으로 결정하도록 돕는 호르몬입니다. 이 역할을 잘 수행하면 무엇을 하더라도 마음을 다해 정성껏 할 수 있습니다. 내 일이고 내 삶이 소중하기에 어느 누구도 함부로 할 수 없는 건 당연한 이치입니다. 이런 당연한 일상을 유지시켜 주는 호르몬이 바로 도파민입니다.

셋째는 **3) 일상적 경로**입니다. 의학적으로는 '흑질선조체 경로(nigrostriatal dopamine pathway)'라고 합니다. 첫째와 두 번째 경로와는 달리 뇌줄기의 흑색질(substantia nigra)에 분포하는 도파민성 신경원에서 기저핵(basal ganglia)의 신경핵다발로 이어지는 경로입니다. 이 경로는 추체외로계(Extrapyramidal System)에 속하며 전신 근육의 긴장도 유지, 개별 운동의 조화 유지, 무의식적으로 행해지는 여러 운동을 조절합니다.

도파민이 부족할 경우 파킨슨병이나 진전이 발생할 수 있습니다. 기저핵에서 도파민이 부족하면 좌불안증, 얼굴과 목 운동의 부자연스러운 경직성(항정신병 약 부작용) 등이 있습니다. 반대로 도파민이 과도하게 활성화되면 과운동성 장애(hyperkinetic movement disorder)가 유발됩니다(무도병이나 틱장애).

넷째는 **4) 애착 형성 경로**입니다. 의학적으로는 '결절누두부 경로(tuberoin-fundibular dopamine pathway)'라고 합니다. 시상하부(hypothalamua)에서 앞쪽 뇌하수체(anterior pituitary)으로 연결된 신경경로인데, 이 경로의 신경세포가 정상으로 활성화되면 프로락틴 분비를 억제합니다. 산후에는 프로락틴 분비가 증가하고 수유하는 동안에 이러한 활성이 유지되는데요. 물론 산후가 아닌 약물 때문에 증가한 프로락틴으로 유즙이 분비될 수 있습니다. 이 외에도 약 부작용에는 무월경, 성기능 저하 등이 있습니다. 이 경로의 신경세포들이 분비하는 호르몬은 2가지로 나뉩니다. 하나는 시상하부에서 분비되는 도파민이고, 다른 하나는 뇌하수체 전엽에서 분비되는 프로락틴입니다. 이 경로에서 도파민은 매우 흥미롭게도 과도한 관심과 애정을 자제시키는 역할을 합니다. 도파민이 나서지 않아도 프로락틴이 엄청한 사랑의 감정을 유발시켜서 관계 욕구와 친밀감을 한층 업그레이드 시켜주기 때문이지요. 그래서 도파민은 오히려 속도 조절자 역할을 하면서 프로락틴의 넘치는 감성이 소진되지 않고 잘 보존되도록 지킴이가 되어줍니다. 흥미롭게도 세로토닌은 프로락틴을 도파민의 억제로부터 풀어주는 역할을 합니다. 이 또한 세로토닌이 마음챙김의 역할을 다하려는 것이겠지요.

도파민의 안정적인 분비와
조절의 중요성

정리하면 뇌의 지지대 역할을 하는 뇌 줄기에 도파민 분비를 담당하는 신경세포가 분포하고 여기서 분비되는 도파민은 중간뇌의 선조체를 통해서 기본적인 운동 기능을 조절합니다. 전두엽에서는 인지기능을 담당하고, 중간뇌의 아래쪽은 정신병을 유발하는 사고 장애와 연관이 높습니다. 이렇듯 도파민은 한 가지 역할에 국한되지 않고 뇌에서 추진력을 담당하는 기능과 다양하게 연결되어 있습니다.

사고 장애의 대표적인 질병인 조현병의 대표적인 증상은 환청과 망상입니다. 환청과 망상이 유발되는 뇌 영역은 중간뇌의 깊숙한 곳에 있습니다. 조현병은 도파민 조절에 문제가 생기는 질병으로 신경세포가 도파민에 과도한 반응을 나타내면서 환각 증상을 경험하게 됩니다. 조현병 환자는 환각 증상으로 현실 검증 능력(전두엽 기능 저하 등)이 급격히 떨어지고 사회적으로 부적절한 행동이나 자해 혹은 타인을 해치는 충동적이고 공격적인 행동을 나타낼 수 있습니다. 도파민에 과도하게 반응하면 쾌락에 심취하여 중독을 일으키거나 현실에서 벗어나 망상의 세계로 빠지게 만들기 때문에 굉장히 위험합니다. 그만큼 도파민의 안정적인 분비와 조절이 중요하기 때문에 최근 뇌 호르몬을 활용한 치료 약물 개발에서 가장 주목받는 영역으로 자리매김하고 있습니다.

6장

세로토닌
'마음챙김' 호르몬

마음챙김 호르몬인 세로토닌은 '관종' 호르몬인 아세틸콜린이 지나간 길을 거슬러서 올라갑니다. 출발점은 아세틸콜린과 마찬가지로 생명 뇌입니다. 자율신경계의 변화가 필요한 상황이 되면 아세틸콜린이 분비되면서 자율신경계를 활성화시키고, 추가로 목적지향적 행동을 위한 교감신경계 활성에는 사이렌 호르몬인 노르아드레날린까지 분비됩니다.

세로토닌이
등장할 때

다양한 호르몬을 통해 뇌가 활성화 단계를 거치게 되면, 흡사 옷이

너저분하게 널려 있는 방처럼, 혹은 요리를 급히 만드느라 정리되지 않는 식재료들이 널려 있는 주방처럼 뇌는 어수선한 상태로 남겨질 수 있습니다. 그때마다 세로토닌은 동에 번쩍 서에 번쩍 그 상황에 맞게 움직여야 하니까요. 안정감 있는 뇌 기능의 기초가 되는 정리된 분위기를 잡아주는 것이 세로토닌의 역할입니다. 세로토닌의 특성을 정리하면 아래와 같습니다.

- 세로토닌은 뇌의 모든 영역에 분비됩니다.
- 세로토닌은 전두엽부터 후두엽까지 마음의 방을 하나하나 차근차근 정리해 갑니다, 마음을 담고 있는 그릇인 뇌가 감정적 경험을 잘 담아낼 수 있도록 뇌파를 안정적으로 동기화(편안한 상태)시켜줍니다. 물론 소뇌도 포함합니다.
- 세로토닌은 우는 아이를 달래주고, 너무 흥분한 아이들은 꼭 품어주면서 안정을 찾도록 돕습니다. 세로토닌에게 감정은 모두가 옳고 소중합니다. 그래서 어떤 감정도 부정하거나 잘라내지 않고 안정적인 희로애락의 감정을 회복하도록 돕습니다.
- 세로토닌은 독자적인 역할도 수행합니다. 예를 들면 아침을 시작하기 위해 방방곳곳에 붙어있는 창문의 커튼을 활짝 열어서 햇빛이 잘 들어오게 하는 역할이죠. 또한 충동조절기능도 수행해 폭식, 과음, 게임 중독 같은 문제가 생기면 조절 능력을 회복하도록 도와줍니다. 스트레스를 받으면 뇌는 단 음식을 자동적으로 찾게 되는데요. 스트레스를 경감시키기 위한 임시방편이죠. 세로토닌은 스

트레스의 근원이 되는 호르몬 분비 자체를 안정화시켜 더 근본적으로 뇌가 안정될 수 있게 합니다.

대표적인 기분 장애로 우울증이 있습니다. 세로토닌은 우울증과 관련이 깊은 대표적인 신경 전달 물질입니다. 그런데 대표적인 불안 장애인 공황장애와 대표적인 기분 장애인 우울증은 명확히 구분되지 않습니다. 우리의 마음은 하나인데 마음에는 방이 여러 개 있지만 칸칸이 구분되어 있지 않습니다. 마음은 공간 하나로 보아야 합니다.

같은 방에 불안을 조절하는 아이가 살고 그 옆에 우울을 조절하는 아이가 같이 살아가는데 한 아이가 공황으로 극도의 불안을 느낀다면 그 영향을 받아 옆에 있는 우울을 조절하는 다른 아이는 울음을 터트릴 수밖에 없습니다. 이에 대한 신경생물학적 근거로 공황에 관여하는 자율신경계의 호르몬인 아세틸콜린과 기분을 조절하는 호르몬인 세로토닌 사이의 연관성을 시사하는 많은 연구 결과가 있습니다.

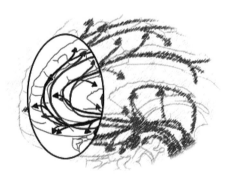

전두엽에 집중되어 있는 세로토닌과 아세틸콜린의 신경 경로

오늘의 혼밥 메뉴는 뇌과학 정식

그림을 보면 역시나 전두엽은 각성과 집중을 처리하는 허브 역할을 수행합니다. 아세틸콜린성과 세로토닌성 신경 경로가 전두엽에 함께 모여 있고 구심성(외부에서 들어오는) 세포로부터 풍성한 신경연접을 이룹니다. 그런데 흥미롭게도 다수의 연구 결과에 의하면 집중이 필요한 작업에서 아세틸콜린과 세로토닌은 서로 반대 역할을 수행합니다.

내측 전전두엽(medial prefrontal cortex)에 위치한 피라미달 신경세포[8] 6개 층은 시상과 신경 정보를 서로 주고받으며 전두엽성 사이신경세포(interneuron)[9]의 활성화에도 영향을 미칩니다. 집중과 각성을 하기 위해서 신경 에너지를 소진하면서 콜린성[10]으로 활성화된 전두엽의 피라미달 뉴런에서는 세로토닌 활성도가 현저하게 억제된다는 사실이 밝혀지기도 했습니다.

뇌의 세로토닌성 활성은 집중이 필요한 상황에서 아세틸콜린과는 반대로 작용합니다. 세로토닌이 증가하면 음성 피드백(시소 역할) 작용을 합니다. 집중하면 뇌의 긴장도와 에너지 소비가 높아지기에 팔방미인 세로토닌이 이를 감시하기보다는 조율하는 역할을 하고 이는 자율

---

8) Pyramidal cell, 내측 전전두엽에서 집중 같은 고위인지기능을 담당합니다.
9) 전두엽에 위치하고 있는 사이신경세포를 말합니다. 사이신경세포는 말 그대로 신경세포 사이에서 신경세포들을 보호하고 연결하는 역할을 수행합니다. 소위 주군인 신경세포를 보호하는 일이라면 자신의 몸을 아끼지 않고 어디에서나 나타나는 호위무사와도 같은 역할이죠.
10) 우리 몸에 분포하는 신경세포 중에서 자극(신경충동)을 받으면 아세틸콜린을 분비시키는 신경세포에 사용되는 말입니다. 아세틸콜린을 줄여서 콜린, 아세틸콜린을 분비하는 신경세포를 콜린성 신경세포로 분류하게 됩니다. 아세틸콜린은 뇌 신경계를 활성화시키는 데 소위 시동을 거는 역할을 수행합니다.

신경계 전반에 걸친 속도 조절자 역할로 이어집니다.

다수 연구는 급성 스트레스 상황에서 전두엽 내 세로토닌 수치가 상승한다고 보고합니다. 전두엽에서 통합조절기능을 원활하게 수행하기 위해서는 스트레스 상황에서 이성적이고 정확한 판단을 내릴 수 있어야 하는데 전두엽 내 세로토닌이 활성화되면서 이 과정을 돕게 됩니다. 실제 임상에서도 신경학적·정신과적 질환에서 나타나는 집중력 이상 소견과 연관된 증상은 세로토닌 기능 이상으로 유발됩니다. 예를 들어 일부 선택적 작업 주의력[11](focused task attention)의 교란이 자폐증에서 관찰되는데 이 또한 세로토닌의 낮은 수치와 연관됩니다.

우린 같이 있어야
행복해

사람의 감정은 세 가지 신경 전달 물질인 도파민, 노르아드레날린, 세로토닌입니다. 정확한 것은 아니지만 대략 우리가 생각하는 '기분'의 중심에는 세로토닌이 작용합니다. 신경계에서 세로토닌을 합성하는 신경세포는 대부분 뇌간의 중심부를 따라 분포되어 있는 솔기핵(raphe nucleus)에 존재합니다.

---

11) 선택적 주의집중을 위해서는 외부 자극(경험)에 대한 기대되는 반응을 유지해야 합니다. 이를 위해서 집중에 관여하는 뇌내 신경회로가 상관없는 지극에 내에서는 반응하지 않거나 반응을 최소화할 필요가 있습니다. 그런데 자폐증에서는 선택적 작업 주의력의 손상으로 인해 집중해야 할 신호와 무시해도 되는 소음을 구분하는 것이 쉽지 않고, 이에 따라 사회적 상황에서 요구되는 다양한 작업들을 적절하게 수행할 수 없게 됩니다. 전두엽에서 세로토닌 활성도의 저하가 그 원인으로 추정되고 있습니다.

오늘의 혼밥 메뉴는 뇌과학 정식

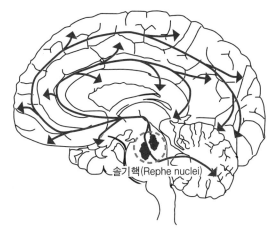

 부분 캡션:

솔기핵(Rephe nuclei)

솔기핵의 위치

　솔기핵의 세로토닌성 신경세포가 척수와 뇌 전반에 걸쳐서 축삭[12] 을 뻗고 있는 게 보이나요? 척수에서는 통증 신호를 조절하며 뇌에서 는 감정, 수면 행동을 조절하는 데 항우울제나 멜라토닌이 같은 역할 을 합니다. 세로토닌의 활성 저하는 우울증과 밀접한 연관이 있습니 다. 세로토닌은 대부분 위장관의 장크롬 친화성 세포[13]에서 만들어집 니다. 세로토닌은 장 내 음식물과의 반응을 통해 분비되고 위장관 운 동을 촉진합니다. 또한 세로토닌은 변연계(limbic system)를 감싸고 있습

---

12) 신경세포는 머리(신경세포체)와 몸통(축삭돌기)로 이루어져 있습니다. 머리(신경세 포체)는 중추신경계에서 지정된 장소에 머물러 있다면, 이들 머리(신경세포체)를 연 결시키고 서로의 정보를 전달하는 매개체는 몸통(축삭돌기)가 담당하게 됩니다. 이 들 축삭돌기는 우리 몸의 구석구석으로 머리(신경세포체)의 정보를 전달할 수 있습 니다.
13) 장에 분포하며 세로토닌과 만나면 크롬 친화 반응을 나타내는 세포군.

니다. 실제 운동에 관여하지 않아도 기억, 기분, 인지, 수면 등에서는 중추적인 역할을 수행한다는 의미죠. 뇌의 신경전달물질 중에서 통합 조절기능도 수행합니다. 주요 공급처는 솔기핵으로 뇌간의 정중앙을 따라 망상체[14] 내에 자리 잡고 있습니다. 망상체에 속하기 때문에 신체 각성 신호에 가장 기민하게 반응할 수 있습니다.

　우리나라는 사계절이 뚜렷합니다. 그런데 최근 수년간 지구 온난화로 우리나라의 사계절이 사라지고 양극화되고 있습니다. 여름과 겨울이 길어지고 봄과 가을은 잠시 스쳐가는 느낌이지요. 우울증 환자에게는 좋지 않은 소식입니다. 이런 계절 변화는 기분 장애의 계절성 패턴(seasonal pattern)을 더 강화시킵니다. 일조량이 짧은 겨울이 길어지면 기존에 앓고 있던 우울증이 중증으로 악화되거나, 계절이 바뀌면서 자연스럽게 생겼다가 사라지는 일시적 우울감이 우울증으로 발전합니다.

　실제로 일조량이 줄어들고 기온이 낮아질수록 세로토닌 분비는 저하됩니다. 아침에 일어날 때 이불이 천근만근 같고 등교, 출근, 집안일을 할 때 무기력증, 짜증, 권태는 참을 수 없는 고통입니다. 그래서 뇌는 급히 세로토닌 부조화 현상을 대체하기 위해 인위적 보상거리를 찾게 됩니다. 쉬운 예로 탄수화물과 지방의 흡수를 늘리는데요. 이는 건강한 식습관의 변화, 활동성 저하, 궁극적으로는 대사성 질환을 일으켜 건강을 악화시키고 우울증과 대사성 질환이 만성화되는 패턴을 겪

---

14) reticular formation, 각성과 운동.

게 됩니다.

정신건강의학과에 내원하신 분들이 많이 하는 질문 중 하나는 '과연 진료실 밖에 나가서 일상생활을 통해 증상을 호전시킬 수 있는 노력은 무엇일까요?'입니다. 그러면 저는 앵무새처럼 토씨 하나 틀리지 않고 반복하여 강조합니다. 바로 '광합성'이죠. 햇빛을 쩌려보라는 의미는 아니고요, 현관문 앞이나 건물 밖으로 나가서 햇빛과 신선한 공기가 가득한 자연을 아낌없이 누려보라는 말입니다. 멀리 산책을 가지 않아도 잠시 자리에서 일어나 건물 밖 해가 잘 드는 곳에서 눈부신 햇빛을 느끼며 3분 정도 가만히 있어보세요. 조금씩 걸으면서 심호흡을 같이 하거나 기지개를 편다면 상쾌함이 덤으로 느껴집니다. 이때 몸에서는 비타민D 합성이 시작됩니다. 비타민D는 뼈의 형성과 유지에 필수이고 실제로 혈중 칼슘 농도를 일정하게 유지시킵니다. 특히, 아침햇살이 사람의 눈(망막)을 통해 빛에너지가 뇌로 전달되면 세로토닌과 도파민의 합성에 관여하는 유전자의 발현이 더욱 활발해집니다. 야외 활동을 기준으로 몸을 20~30분 정도 충분히 노출시킬 수 있다면 좋겠지만 그게 어렵다면 '3분 광합성'부터 시작해 보세요.

세로토닌이 부족하면
우울해져요

세로토닌은 도파민과 함께 뇌에 신호를 전달하기 때문에 비타민D 결핍은 각종 정신질환의 증상을 악화시키거나 회복을 더디게 합니다. 특히 세로토닌 결핍으로 생기는 각종 기분 및 불안 장애를 악화시킵니다.

세로토닌의 결핍으로 유발되는 우울감의 특징은 단순히 기분이 다운되고 슬픈 상태에 그치지 않고 감정을 유발하는 외부의 감각 자극에 대해서 반응성이 떨어지는 것입니다. 쉽게 말하면 세로토닌이 정상으로 분비되면 외부의 좋은 자극(햇빛, 사람과의 소통, 자연환경 등)을 투명하게 잘 받아들일 수 있는데, 세로토닌이 부족하면 마음의 창문에 블라인드가 짙게 드리워지게 된다는 의미입니다. 여기에 스트레스가 더해지면 두꺼운 암막 커튼까지 덮이게 되죠.

세로토닌은 도파민을 직접 조절합니다. 세로토닌이 기분, 기억 처리, 수면, 인지기능과 관련 있다면, 도파민은 보상(동기 부여), 즐거움, 쾌감, 운동의 조절, 강박 및 보속 행동[15]과 연결됩니다. 즉, 도파민은 목적을 달성할 수 있도록 부스터 역할을 수행합니다.

세로토닌은 도파민이 제한된 범위와 시간 안에서 작동하고 이를 벗어나지 못하게 하는 안전한 울타리 역할을 합니다. 과도한 도파민 분비, 즉 중독으로 빠져들지 않도록 방지하는 것이죠. 도파민은 운동의 시작과 유지 그리고 마무리까지 관여하지만, 운동할 때 감정을 조율하고 상대방과 협력하고 소통하는 것은 세로토닌의 역할입니다.

전두엽에서 도파민 기능 이상으로 유발되는 강박증 또한 세로토닌의 조율이 필요합니다. 그러고 보니 세로토닌이 관여하지 않는 곳이 없네요. 꼭 다자녀 가정에서 개성이 넘치는 아이들을 양팔 가득 안고 있는 어머니의 모습이 떠오릅니다. 개구쟁이든 순둥이든 아이들을 편

---

15) 이전과 다른 자극인데 동일한 언어 또는 행동을 되풀이하는 현상.

오늘의 혼밥 메뉴는 뇌과학 정식

견 없이 그윽한 눈으로 바라보고 있는 어머니가 바로 세로토닌이라 생각됩니다.

우울한 당신이 올빼미 생활을 청산해야 하는 이유

몸의 전반적인 신진대사를 관장하는 아세틸콜린은 뇌에서는 신경세포 간 교류를 촉진하기 위한 기초 에너지를 수준을 유지시켜줍니다. 여기엔 앞서 설명한 것처럼 혈압 조절, 심박동 억제, 장 운동 활성, 골격근 수축, 말초신경 활성 등이 포함됩니다.

정리하면, 아세틸콜린이 우리 몸의 각 장기를 원활하게 작동시키는 연료로 생각할 수 있습니다. 사람 몸을 자동차로 비유하면 아세틸콜린은 연료(전기나 기름)로 볼 수 있는데요, 여기서 포인트는 연료가 부족하지 않게 잘 유지하는 것이 기본이지만, 더 중요한 것은 연료의 질입니다. 고급 자동차일수록 최고의 엔진 성능을 위해 고급 휘발유가 필요하듯이 우리 몸은 고급자동차로 비교할 수 없는 이 세상 최고의 연료를 사용해야 하는 것은 너무 당연한 사실입니다.

그렇다면 아세틸콜린 말고 다른 호르몬이 필요한 걸까요? 그렇지 않습니다. 아세틸콜린을 대체할 수 있는 호르몬은 존재하지 않습니다. 다만, 아세틸콜린을 일반 휘발유가 아니라 고급 휘발유로 업그레이드시켜서 최적의 몸 상태를 유지시켜주는 역할을 하는 돕는 호르몬이 있는데, 바로 세로토닌입니다.

'일찍 일어나는 새가 벌레를 잡는다'라는 격언이 있습니다. 일반적으로는 부지런한 사람이 되자는 뜻인데 뇌 과학적으로도 일찍 일어나는 것은 매우 의미 있습니다. 일찍 일어나는 새가 벌레를 잡는다면 일찍 일어나는 사람은 아침 햇살을 마음을 담는 그릇(뇌)에 가득 채우게 됩니다. 은유적인 표현이 아닌 말 그대로 아침 햇살을 뇌에 가득 채운다는 의미입니다. 햇빛은 망막을 통해 뇌에서 생체 리듬을 감지하는 신경회로를 활성시키는 열쇠가 됩니다. 가능하면 길게, 1시간 정도 넉넉히 열쇠가 작동하면 뇌는 하루의 시작을 카페인이나 니코틴이 아닌, 세로토닌으로 시작할 수 있게 됩니다.

세로토닌은 오감을 바탕으로 감정을 느끼고 표현하게 해주는 정서를 총괄하는 호르몬입니다. 뇌 구석구석 돌아다니면서 지친 뇌세포가 각자의 역할을 잘 수행할 수 있게 준비도 시켜주고요. 쉽게 말해서 부모님이 아이들을 부드럽게 깨워 하루를 힘차게 시작할 수 있도록 도와준다고 생각하면 됩니다. 세로토닌이 아침 시간에 적절한 수준으로 분비되면 다른 뇌 호르몬은 부모 호르몬이 이끄는 대로 자연스럽게 각자의 역할을 수행합니다.

'열 손가락 깨물어 안 아픈 손가락이 없다'라는 속담이 있습니다. 혈육은 다 귀하고 소중하다는 말입니다. 뇌 호르몬도 혈연으로 이어져 있습니다. 손가락 하나에 문제가 생기면 그 손 전체가 제대로 움직일 수 없듯이 뇌 호르몬 또한 서로 긴밀히 연결되어 있고 호르몬 하나에 문제가 발생하면 연쇄적으로 다른 호르몬의 기능에도 지장을 초래합

오늘의 혼밥 메뉴는 뇌과학 정식

니다.

 결국 각각의 뇌 호르몬이 가진 강점을 잘 활용하는 것이 중요합니다. 이를 위해 호르몬의 다양성에 대한 이해가 매우 중요합니다. 뇌 호르몬의 다양성은 무지개 같아서 외부 자극을 어떤 방향에서 어느 정도 받느냐에 따라 몸에서 반응하는 정도가 매우 다채롭습니다. 예측하기도 쉽지 않죠. 그래서 개인별로 정서적 상황에 따라 변화 정도를 잘 이해하고 치료로 적절히 활용할 수 있다면 참 좋을 것 같습니다.

 개인별로 정서적 상황(흥미의 소실과 무기력감이 대표적인 증상인 우울증의 경우 세로토닌의 활성도가 감소될 수 있고, 심한 불안이나 과각성이 대표적인 증상인 공황장애나 사회공포증의 경우 노르아드레날린 같은 스트레스 호르몬의 활성도가 과도해질 수 있습니다)에 대한 이해를 바탕으로, 증상별 호르몬의 변화 정도를 잘 예측할 수 있다면 적합한 치료계획을 수립하는데 큰 도움이 됩니다.

3부

마음의
우산 쓰는 법

요즘 정신과 예약이 쉽지 않습니다. 그만큼 환자가 많다는 뜻이겠죠. 하지만 어렵게 잡은 예약을 취소하거나 진료 당일에 나타나지 않는 환자가 많습니다. 특히 진료를 취소한 사람의 70%는 20~30대 청년입니다. 이유를 물어보면 예약할 당시엔 많이 힘들었는데 진료를 받을 때가 되니 그렇게 힘들지 않았다고 합니다. 또 어떤 증상이 나타날지 모르지만 지금 당장은 참을 수 있을 것 같아서 다음을 기약하고 진료 예약을 취소한 거죠.

병원에 처음 내원한 분에게 내원 계기를 물어보면 대개 '참을 만해서 예약을 취소했다가 다시 나빠져서 왔다'고 말합니다. '참을 만했다'는 말은 실제로 증상이 완화됐다는 의미는 아닐 겁니다. 질환의 특성상, 증상이 지속되거나 강화되는 주기와 패턴이 있기 때문에 잠시 호전되었거나, 내성으로 잠시 통증에 둔감한 시기였을 수도 있습니다. 대학생, 취업 준비생, 직장인 그리고 사회에서 고립된 청년까지 살아가는 모습이 다양하고 모두에게 쉽지 않은 현실이지만 특히 청년에게 우리 사회가 제공하는 안전망이 그리 견고해 보이지는 않습니다.

1장

정신건강의학과는
이렇게 일합니다.

   정신과에 방문하는 환자들은 마음이 힘들고 혼란스러운 상태입니다. 게다가 정신과에서 어떤 검사를 하고 어떻게 진료하는지 모르기 때문에 도움을 받고 싶지만 명확하게 표현하는 것이 어렵습니다. 의사인 저도 20년 가까이 정신의학 분야에서 진료와 강의를 이어가면서 이제야 조금씩 마음의 구조와 기능을 이해하고 있는데, 일반인에게는 더욱 막연하고 부담스러울 겁니다. 하지만 용기 내어 마음을 들여보는 것 자체로 매우 의미 있는 일입니다. 알아가야 할 마음 영역이 워낙 광범위하여 조급한 마음이 들 수 있는데요, 그럴수록 속도보다는 방향이 더 중요합니다.

   첫 진료에서는 정신과 면담을 돕기 위한, 외래에서 진행하기 간편하고 뇌와 마음의 건강 상태를 집약적으로 측정할 수 있는 자율신경 기능 검사, 뇌파 검사와 함께 불안 우울 척도, 심리 검사를 진행합니다. 각 검사를 진행하는 순서는 온전히 마음을 담고 있는 뇌의 구조적 특성에 따릅니다. 물론 환자 상태와 위급한 정도에 따라 세부 검사 항목은 일부 바뀔 수 있습니다.

선생님, 제가 너무 힘든데 복잡한 검사까지 받아야 하나요?

경황없이 진료실에 들어와서 처음 보는 의사 앞에서 겨우 용기 내서 마음속 상처를 표현하고 나니까 조금씩 긴장이 풀리기 시작합니다. 그제야 호흡을 가다듬고 진료실을 둘러보니 지금껏 막 수다스럽던 자신에게 '병원'이라는 무게가 엄습해 옵니다.

환자 입장에서는 이제부터 무슨 말을 더 해야 할지 잘 모르겠고, 본격적인 검사가 시작된다는데 무슨 검사인지도 잘 모릅니다. 스트레스 가득한 세상에 대해 마구 삐뚤어지고 싶은 마음이 커서 그런지 용기 내서 방문한 진료실에서조차 부정적인 마음과 의심이 적지 않습니다. 그래서 저는 환자 상태를 파악한 후에 검사에 대한 설명으로 정신과 진료에 대한 이야기를 풀어갑니다. 가뜩이나 힘든데 이런저런 복잡한 검사까지 정말 산 넘어 산입니다. 용기 내어 마음을 선생님 앞에 열어 보였는데 이게 끝이 아니고 시작이라는 말이지요. 지금부터 필요한 것은 검사지 앞에서 진실되게 답하는 것입니다.

진솔한 답을 이끌어내기 위해서는 검사에 대해 확신이 필요합니다.

이를 위해서 검사에 대한 오해부터 풀어야 합니다. 먼저 정신과 검사는 비싸다는 편견이 있습니다. 결론부터 말씀드리면 그렇지 않습니다. 무엇보다도 우리나라에서는 정신과 진료에 대한 진입 장벽을 낮추기 위해 평가(검사)와 면담을 진행할 때 자기 부담금을 최대한 낮추어 환자의 부담이 많이 줄였습니다. 물론 검사 종류가 엄청 많고 불필요하게 여러 검사를 중복적으로 시행하면 비용이 만만치 않습니다. 비급여 검사는 국민건강보험의 혜택을 받을 수 없어 오롯이 개인이 부담해야 합니다.

그래서 저는 웬만하면 비급여 검사는 지양합니다. 최대한 의료 보험 혜택을 받을 수 있는 검사를 활용하고 그것만으로도 종합 심리 검사를 포함해 불안, 우울, 강박, 스트레스, 수면 장애, 산만함, 사고 장애 등을 개별적으로 살펴볼 수 있는 평가 도구가 충분합니다.

정신과 진료는 한두 번 받아 보고 끝낼 수 있는 감기 치료가 아닙니다. 흔히 우울증은 '마음의 감기'라고 하죠. 저는 우울증이 '뇌 몸살'이라고 생각합니다. 감기는 바이러스에 감염된 후 수일 내에 증상이 나타나고 일주일이면 호전될 수 있지만, 우울증은 그렇지 않습니다. 마음을 담고 있는 그릇인 뇌가 심한 몸살을 앓고 있다는 대표적인 증거(증상)가 우울감과 무기력이니까요.

뇌는 원래 회복탄력성(resiliance)을 통해 우울하고 불안한 감정에서 회복하는 힘을 가지고 있습니다. 성경에도 이런 표현이 있죠. "한 날의 괴로움은 그날에 족하다." 굉장히 뇌 과학적인 이해를 담고 있는 표현입니다. 부모님께 혼났더라도 밥 맛있게 먹고, TV도 보고, 푹 자고 일어나면 다음날 아무렇지 않게 새로운 하루를 맞이했던 기억, 하나쯤은 있죠?

이러한 회복탄력성이 손상될 정도라면 뇌에 심한 몸살이 걸려 마음을 담고 있는 뇌가 그 힘을 발휘하지 못하는 상태입니다. 고혈압 환자가 혈압 조절 능력이 떨어지는 데 적지 않은 세월이 걸리듯이 우울감 또한 꽤 오랜 시간 경험했던 감정의 치우침으로 원치 않는 열매가 생긴 것입니다. 그래서 '뇌 몸살'은 저절로 좋아지기만을 기다릴 수 없습니다. 마음을 들여다보는 다양한 검사 도구를 활용하여 몸살이 난 부위를 하나하나 살펴보고 그에 대한 의사의 충분한 설명이 동반되어야 합니다.

불안우울척도(1~6): 나는 얼마나 불안하고 우울할까?

뇌를 3단계로 나누면 1층은 생명을 담당하는 뇌, 2층은 감정과 기억을 담당하는 뇌, 3층은 통합과 조절을 담당하는 뇌입니다. 기분과 불안에 대한 검사는 2층의 감정 기억 뇌에 담긴 마음 상태를 평가합니다. 우리는 외부의 자극(각종 스트레스)에 대해 다양한 감정을 경험하게 되는데 일정 수준 이상으로 반복적인 스트레스와 피로가 누적되면 누구든지 원하는 감정과는 다른, 충동적이고 감정적인 상태 혹은 무감동 상태에 이를 수 있습니다.

특히 사람의 감정은 하루에도 수시로 변할 수 있고, 한 가지 검사로 판별하기 어렵기 때문에 불안우울척도 검사를 통해 다양한 감정 상태

(우울 정도, 불안 긴장 상태, 기질적 성향)를 되도록 **빠트림 없이** 담을 수 있도록 합니다. 그럼 정신과에서 실시하는 기분과 불안 증상에 대한 검사를 지금부터 하나씩 알아볼까요?

1) 선생님, 저는 별로 우울하지 않은데요?

CES-D[16]는 한국 실정에 맞게 변형한 검사로 진료 현장에서 가장 많이 사용됩니다. 이 검사에서 점수가 20점 이상 나오면 임상적으로 우울증을 고려할 수 있습니다. 우울 점수가 낮게 나오는 경우도 적지 않은데 점수가 낮으면 아무 문제가 없는 걸까요? 일시적인 우울증이 있었고 검사할 때는 다시 회복된 상태라고 생각할 수 있지만 분명 병원까지 오게 한 이유가 있기 때문에 다른 검사 결과를 함께 고려해야 합니다.

우울감에 관한 질문은 우울함에 대한 주관적 판단을 전제로 합니다. 예를 들어서 '내가 우울하지만 이 정도는 참을 수 있어', 혹은 '이 정도는 늘 익숙한 증상이라 그렇게 힘들지는 않아'라고 생각한다면 실제 마음 상태에 비해서 점수가 낮게 나올 수 있습니다. 힘들다는 표현을 하는 것조차 낯설고 서투를 수 있죠.

물론 반대로 아무런 문제가 없는데 차가 지나가면서 살짝 흙탕물을 튀기는 것만으로도 하늘이 무너질 것 같은 좌절을 느낄 수도 있고, 용

---

16) 한국판 역학연구센터 우울척도: CES-D(Center for Epidemiologic Studies Depression Scale)

광로 같은 분노로 그날의 일정을 모두 취소하고 세상을 원망하고 화만 낼 수도 있습니다. 주관적 해석의 기준이 감정의 불안함에 영향을 받게 되면 그때그때 기분 점수의 변동 폭이 클 수 있습니다.

지난 일주일간 경험했던 우울감과 관련된 질문의 예시는 아래와 같습니다.[17]

- 평소에는 아무렇지도 않던 일들이 괴롭고 귀찮게 느껴졌다.
- 먹고 싶지 않고, 식욕이 없었다.
- 모든 일들이 힘들게 느껴졌다.
- 앞일이 암담하게 느껴졌다.
- 잠을 잘 이루지 못 했다
- 평소에 비해 말수가 적었다.
- 세상에 홀로 있는 듯한 외로움을 느꼈다.
- 사람들이 나를 싫어하는 것 같았다.
- 도무지 뭘 해 나갈 엄두가 나지 않았다.

---

17) 본 내용은 "조맹제, 김계희(1993). 주요우울증 환자 예비평가에서 The Center for Epidemiologic Studies Depression Scale(CES-D)의 진단적 타당성 연구. 신경정신의학, 32, 381-399"에서 일부 발췌한 것입니다.

2) 불안이 높은 개미인가요?

상태불안검사(STAI)[18]는 미국의 스포츠심리학자가 일반인을 대상으로 정상적인 성인의 불안 현상을 조사하기 위해 고안해낸 검사입니다. 아마도 경기에 임하는 선수들이 평상시와 다른 정서적인 상태로 인해 평상시 경기력을 발휘하지 못하는 것에 대한 연구를 거듭하는 중에 불안장애환자가 아니어도 불안 현상이 누구에게나 지대한 영향을 미칠 수 있다는 것을 발견한 것입니다.

앞선 CES 검사에서는 우울감에 대한 주관적 해석이나 개인차의 반영으로 실제 임상적 심각도에 비해 CES 수치가 낮게 나올 수 있지만, 상태 불안(지금, 현재 느끼고 있는 불안과 언제나 느끼고 있는 불안의 정도를 측정합니다)을 나타내는 STAI의 수치는 대부분의 환자에게 상당히 높게 나타납니다. 상태 불안이 높아질수록 내 마음은 소위 "불안이 높은 개미"들로 가득차게 됩니다.

'불안이 높은 개미' 성향이 높은 분들은 스트레스 상황에서 상태 불안 점수가 더 쉽게 올라갈 수 있습니다. 불안이 높은 개미 입장에서는 불안을 해소하기 위한 전략은 아쉽게도 '열심히 일에 집중하는 것'입니다. 아무리 열심히 일한다고 해서 삶에서 불안을 완전히 제거할 수 없음에도 일을 그만둘 수 없는 이유는 잠시라도 불안한 상태를 견디지 못하기 때문입니다. 많은 청년이 몸이 가루가 되더라도 이러한 일의 수레바퀴에서 벗어나기 쉽지 않은 이유입니다.

---

18) 상태불안척도: STAI 검사(State Trait Anxiety Inventory)

반대로 STAI점수가 낮아질수록(보통 50점을 기준으로 합니다) 게으르기 보다는 '느긋한 베짱이'에 가깝다고 표현합니다. 여기서 오해가 없기를 바랍니다. 개미가 주는 대표적인 이미지가 쉼 없이 일하는 모습으로 많이 알려져 있기에 이해를 돕기 위해 예를 든 것이고, 베짱이 또한 어릴 때부터 그림책에 나와 있는 이미지로 풀섶에서 쉬거나 바이올린 켜면서 노래 부르는 모습을 쉽게 떠올릴 수 있습니다. 우리의 마음에 개미와 베짱이가 함께 살고 있다는 게 중요합니다. 개미가 부지런하고 베짱이가 게으르다는 단순 논리 보다 개미의 강점과 베짱이의 강점을 함께 살려내는 것이 중요합니다.

느긋한 베짱이들은 느긋함을 유지하기 위해서 '일'보다는 '놀이'를 선택합니다. 여기서 놀이는 특정 게임에 한정되지 않습니다. 오히려 '워라밸'에 가까운데요. 자신의 정서적 필요를 채우기 위해 자신이 원하는 것을 먹고, 원하는 곳에서 쉬고, 원하는 분야로 놀 때 자신만의 정서에 온전히 집중할 수 있고 이때 비로소 정서적 배터리가 제대로 충전되기 시작합니다.

일이 필요 없다는 것이 아닙니다.

스트레스 대처는 우산을 떠올려 보시면 됩니다. 정서 중심은 가장 내면에서 내가 원하는 삶의 모습에 집중하는 것이고, 일, work과 더불어 놀이, play를 통해 자율신경계의 균형감을 유지하는 지름길이고 필수적인 지지대가 되어 주기 때문입니다. 어릴 때는 자신의 오감을 활용해서 자유롭게 느끼고 움직이고 표현했던 '놀이'들이 건강함을 나타내는 선명한 기준이었음을 누구도 부인할 수 없을 것입니다.

질문의 예시는 아래와 같습니다. [19]

- 나는 마음이 차분하다.
- 나는 마음이 든든하다.
- 나는 후회스럽고 서운하다.
- 나는 앞으로 불행이 있을까 걱정하고 있다.
- 나는 극도로 긴장되어 있다.
- 내 마음은 긴장이 풀려 푸근하다.

3) 이제 그만 쉬어야 하지 않을까?

SADS[20]는 사회적 상황에서 불안을 측정하는 데 초점을 맞추고 있고, 이를 평가하기 위해서 각종 혐오적인 사회적 상황에서 회피하는 정도를 알아볼 수 있습니다. '이제 그만. 너무 지쳤어', '나 좀 그만 내버려둬! 혼자있고 싶어!'와 같이 쉼에 대한 간절함이 숨김없이 드러나는 검사입니다. 실제로 광장공포증을 동반하는 공황장애를 평가할 때 유용한 검사입니다.

자신의 기질적 감수성에서 불안이 높은 개미 성향이 강해지면 정서적 충전을 지속하게 하는 베짱이적 성향과 거리가 멀어지면서 자꾸만

---

19) 본 내용은 " 한국판: 김정택(1978). 특성불안과 사회성과의 관계 : Spielberger 의 STAI를 중심으로. 고려대학교 대학원 석사학위논문, 원판: Spielberger, C. D.(1970). Manual for the State-Trait Anxiety Inventory. Palo alto, CA, Consulting Psychologist Press"에서 일부 발췌한 것입니다.

20) 사회적 회피와 불편감 척도: SADS(Social avoidance and distress scale)

눈앞에 보이는 일에 에너지를 소비하게 됩니다. 이러한 에너지 불균형 현상이 초래되더라도 그 즉시 브레이크를 밟을 수가 없는 것은 몸이 힘들어도 '불안한 느낌'이 더 싫기에 어쩔 수 없이 계속 달리게 됩니다. 물론 열심히 일한 만큼 당장은 적지 않은 성과를 거둘 수 있지만, 문제는 이러한 일상이 반복될수록 에너지가 충전되기보다는 서서히 방전이 일어납니다. 소진되는 느낌이 지배적일수록 자신의 일에서 만족과 행복감은 급격히 줄어들 수밖에 없다는 사실입니다.

세상의 파도 속에서도 나를 든든하게 지탱해주는 자존감의 근원은 일상에서의 만족감과 행복에서 기인합니다. 아무리 로또처럼 기적같이 큰 행복을 누리기 원하는 이들에게도 순간순간 숨 쉬고 살아가는 일상의 공간만큼은 미세먼지보다 깨끗한 공기로 채워져 있기 원합니다. 평소에 가고 싶던 맛집에서 직장동료와 즐거운 점심 한 때를 보내고, 하는 일들마다 녹록지 않고 아쉬운 순간들이 많았지만, 오늘 하루 무사히 끝내고 나서 상사에게 수고했다는 말 한마디로 우리는 그 하루의 소확행은 어느 정도 이루었다고 볼 수 있으며, 이것이 삶을 지지해주는 내 마음의 닻이 안전한 곳에 잘 내려져 있음을 확신시켜줍니다. 스스로에 대한 효능감이 또 한 뼘 자라게 되는 것이지요.

계속 바쁘게 열심히 사는 것 같은데 자존감을 세워주는 에너지로 충전되지 못하고 오히려 가진 에너지마저 소진되는 순간 더 이상 행복도, 일에 대한 성취와 만족감도 느껴지지 않는 무감동 상태에 빠질 수 있습니다. 이러한 정서적 소진상태를 심리학적 용어로는 사회적 '회피현상'으로 볼 수 있습니다.

오늘의 혼밥 메뉴는 뇌과학 정식

진료받은 대부분의 청년은 100점(SADS score)이 넘어가는 경우가 적지 않습니다. 이런 경우 아침에 겨우 일어나서 회사와 학교에 갈 준비를 하고 집을 나서는 것까지는 괜찮을 수 있지만, 분주한 발걸음으로 점점 회사나 학교 건물이 보이기 시작하는 순간 건물 입구에서 하루를 시작하기도 전에 집에 가고 싶은 마음이 간절해집니다. 머리로는 '불안한 개미'의 분주함으로 하루를 겨우 시작했지만, 마음으로는 삶에 충전과 회복이 필요하다는 베짱이의 음성을 더 이상 외면하기 어려운 것입니다. 충전되지 않는 삶을 지속하기 보다는 '느긋함'을 회복하지 않으면 모든 게 무너질 수도 있다는 절박함이 청년의 삶에서 '사이드 브레이크' 버튼을 누르게 합니다.

이러한 모습은 나약함을 의미하는 게 아닙니다. 그의 의지가 약한 것이 아니라, 이제 정말 회복을 위해 결단이 필요하다고 생명뇌가 보내는 배려의 신호입니다. 이때는 마음의 소리에 집중하면서 일 중심에서 잠시 벗어나 지금의 상황을 좀 더 넓은 시야로 바라다보면서 자기 자신부터 스스로에게 배려가 필요함을 공감하면 됩니다. 오히려 지금을 기회로 사회적 회피 정도가 60점 이하로 떨어질 수 있는 전략을 세우는 기회로 삼으면 좋겠습니다. 이제까지 효과적이지 않는 전략은 미련없이 내버리고 새로운 전략을 모색해야 하는 것입니다.

질문의 예시는 아래와 같습니다.

• 익숙치 않은 대인관계 상황에서도 편안함을 느낀다.

- 사교적인 자리는 피한다.
- 사람들과 잘 알지 못하면 그들에게 말을 거는 것을 피하려 한다.
- 새로운 사람과 만날 기회가 오면 자주 거기에 응한다.
- 나는 자주 사람들로부터 멀리 떨어져 있고 싶어 한다.
- 많은 사람과 함께 있으면 편안한 마음을 가지기 힘들다.
- 파티나 친목회에서 사람들에게 말을 건네는 것을 꺼리지 않는다.
- 나는 때때로 사람들을 서로 소개시켜주는 책임을 맡는다.

4) 어떻게 항상 완벽할 수 있나요?

파두아 검사(PADUA)[21]는 자신을 스스로 힘들게 하고 지치게 하는 내재된 강박적 기준과 자신만의 고립된 눈높이 정도를 평가하는 데 유용한 검사입니다. 우울과 불안 증상이 나빠지는 것을 가속화하는 것 중 하나가 완벽주의 혹은 강박적 성향입니다. 청년들은 나름대로의 눈높이를 가지고 있습니다. 하지만 주변에서는 아직 충분치 않다고, 아직 스펙이 모자란다고, 지금 쉬고 있으면 안 된다고 합니다. 청년들은 이미 내면 가득히 완벽주의 혹은 강박적 성향으로 내몰리고 있습니다. 머릿속에 불안함을 유발하는 생각들이 계속 이어집니다. 넓은 시야를 유지(소망을 추구)하면서 친구들과 함께 마음을 맞추고 싶지만(사회적 지지), 세상은 '너가 살아가면서 준비해야 될 것이 얼마나 많은데', '공부가 때가 있고 취업도 젊을 때 해야 하는데 다른 생각할 여유가 어디 있느

---

21) 강박장애평가용 파두아 증상질문지: PADUA inventory

냐?'라면서 지금은 그럴 때가 아니라고 합니다. 이를 정리하면, 청년의 때에 여유를 찾는 것은 사치이고 친구를 찾는 사람을 취업 실패의 지름길로 가는 어리석은 사람이라는 암시가 내포되어 있습니다.

완벽주의적 성향이 높아질수록 오히려 사소한 문제에 대해서조차 결정을 내리는 것이 쉽지 않습니다. 누군가의 부정적 평가로 인한 두려움을 느끼지 않으려고 '어떤 상황에서도 의심이 끊이지 않고 모든 관점에서 검토해야 한다'는 압박감에서 벗어나기가 힘들어집니다. 결국에는 정서적으로 충전되기보다는 수도꼭지에서 물이 새듯이 계속해서 에너지가 소진되고 빠져나가는 난처한 상황이 반복됩니다.

예시 질문은 아래와 같습니다.

- 낯선 사람이나 어떤 사람들이 만졌던 물건을 다시 만지기가 어렵다.
- 질병이나 오염에 대한 걱정 때문에 공중화장실의 사용을 꺼려한다.
- 말을 할 때 똑같은 단어나 문장을 여러 번 반복하곤 한다.
- 옷을 입거나 벗거나 또는 씻을 때 특정 순서를 따라야 한다.
- 나는 필요 이상으로 자주 일을 계속 확인하는 경향이 있다.
- 사소한 문제에 대해서조차 결정을 내리는 것이 쉽지 않다.
- 내가 하는 대부분의 일에 대하여 의심하고 문제 거리를 찾아낸다.
- 외설적이고 추잡한 단어들이 마음속에 떠올라 제거하기 힘들다.
- 전혀 중요하지 않은 것들을 기억하고 잊지 않으려고 애쓴다.

5) 언제쯤 타인의 시선으로부터 자유로울 수 있을까요?

FNE[22]는 말 그대로 실제와 상관없이 누군가의 부정적 평가가 있을 것에 대한 부담 혹은 두려운 마음을 살펴보는 검사입니다. FNE는 파두아 점수에도 유의미한 영향을 준다고 볼 수 있기에 자필 검사 이후에도 문항 하나하나 질문 하나하나에 우리 모두가 자유로울 수 없음을 직시하게 합니다. 아주 유용하고 자존감에 결정적 영향을 주는 요인들로 채워져 있습니다.

사람들이 나를 어떻게 생각하는지 머리로는(이성적 판단으로는) 별 상관 없다는 것을 알면서도 마음으로는 걱정되고 불안한 마음의 정도를 평가하는 검사입니다. 점수가 높을수록 부정적 평가에 대한 두려움을 더 많이 느낌을 의미합니다. 여기서 2가지 초점은 나를 평가하는 사람들과 그 사람들이 나를 어떻게 생각할지에 대한 이슈입니다.

나를 평가하는 사람은 누구일까요? 안타깝게도 누구보다 더 나를 인정해주고 나에 대해서 좋은 인상을 가져주기를 바라는 대상, 나의 결점을 누구에게도 말하지 않을 것 같은 대상, 나를 그 누구보다도 인정해주고 지지해주어야 할 대상. 다름 아닌 내가 속한 공동체, 가족, 친구들이 더 이상 나를 지지하기 보다는 오히려 부정적 평가로 나를 몰아갈 것에 대한 두려움을 주는 대상으로 바뀔 수 있다는 것에 주목할 필요가 있습니다.

부정적 평가에 대한 두려움의 반대말은 긍정적 평가에 대한 기대감

---

22) 부정적 평가에 대한 두려움: FNE(Fear of Negative Evaluation scale)

오늘의 혼밥 메뉴는 뇌과학 정식

입니다. 맞습니다. 이 검사를 하는 이유는 부정적 평가에 대한 리스트를 보면서도 지금까지 나를 지켜왔던 긍정적 평가와 이에 대한 기대감을 치료를 통해 조금씩 되살리는 데 있습니다.

공부 잘하고, 돈 많이 벌고, 얼굴이 예쁘고 멋지게 보이도록 꾸며서 받게 되는 긍정적 평가는 당연한 이치입니다. 그런데 이러한 사람들의 평가는 사회적 의무와 책임을 다하기 위해 애쓰는 사회적 가면을 보고 '긍정적'으로 봐주는 척하는 것에 가깝습니다. 한 사람이 가지고 있는 진정한 긍정성은 외적 조건이 아니라 내면에서 우러나오는 스스로에 대한 인정과 감사, 그리고 비교의식에서 벗어나 내가 만족할 수 있는 삶을 선택하고 한 걸음씩 나를 좋게 만들어가는 것에서 출발합니다.

내 안의 긍정성이 부정적 평가에 대한 두려움으로 일시적으로 혹은 원치 않게 만성적으로 가려져 있을 수 있지만, 긍정성을 회복하기 위한 자신만의 강점을 찾아내고 이를 바탕으로 나를 지지해주는 그룹을 통해 나의 소망과 비전을 키워나간다면 막연한 두려움이 삶에 대한 기대감으로 바뀌는 것은 시간문제일 수도 있습니다.

실제로 검사를 해보시면서 내 안에 있는 두려움이 사실은 실체가 없고 삶에 전혀 도움이 되지 않는 부정적 평가로 유래함을 이해하고 있는 그대로 인정하는 것이 필요합니다. 또한 부정적 평가에 대한 두려움이 클수록 주변에 나를 지지해주는 이들과 물리적 정서적 거리가 멀어져 있는 경우가 많기 때문에 이러한 관계적 상황을 함께 평가하는 것이 앞으로 치료계획을 세우는 데 많은 도움이 됩니다.

예시 질문은 아래와 같습니다. [23]

- 사람들이 나를 어떻게 생각하는가 하는 것이 별 상관없다는 것을 알면서도 이에 대해 걱정된다.
- 사람들이 나의 결점을 알아차릴까 봐 자주 두렵다.
- 사람들이 나를 인정해주지 않을 것 같아 걱정이 된다.
- 누군가와 얘기할 때 그가 나를 어떻게 생각하는지 염려된다.
- 나는 말을 실수하거나 일을 잘 못할까 봐 종종 걱정된다.

6) 우울함보다 더 우울한 마음

조중평가척도(YMRS)[24]는 항시 기분이 들떠 있거나 사고의 흐름이 끊어지지 않고 말이 많아지는 경우 등에서 조중 여부를 판별하는 검사입니다. 조중의 기저에는 오래된 우울감이 동반되는 경우가 대부분이므로 YMRS를 통해 조중을 유발하는 다양한 기분 상태와 사고영역을 함께 살펴볼 수 있는 매우 유용한 검사입니다.

저는 고등학교 때 물리 과목을 그리 좋아하지 않았습니다. 세상에서 작용하는 여러 힘의 작용을 이해하기 위해 다양한 공식들을 이해하고 접목해서 수학적으로 풀어가는 과정이 흥미롭기도 했지만, 저에게는 어렵고 부담스러운 과목이었기 때문입니다. 그런데 입자의 파동을 설

---

23) 출처: Leary, M. R (1983). A brief version of the Fear of Negative Evaluation Scale. Personality and Social Psychology Bulletin, 9, 371-375
24) 조중평가척도: YMRS(Young Mania Rating Scale)

명하는 파트는 불편한 물리 시간에서 묘한 호기심을 유발하는 시간으로 단편이적지만 아직도 기억하고 있습니다.

사람의 감정은 머물러 있는 점이 아니라 바다의 파도처럼 일정한 리듬(파장, 진동수, 진폭)을 유지하면서도 파도의 '사인곡선(sine wave)'을 벗어나지 않는 물의 흐름 같습니다. 멀리서 보면 출렁거리지만, 파도의 흐름이라는 감정의 울타리 안에서 위아래 운동, 즉 파도의 흐름에 자신을 맡기고 있는 상태가 가장 안정적인 '감정선'을 유지하는 감정상태라고 말할 수 있습니다.

그런데 이러한 파도의 흐름을 인위적으로 누르거나 파도의 흐름을 거스르게 되면 어떻게 될까요? 이것은 사실 인위적으로는 조작이 불가능한 자연의 현상이지만, 해저에 지진과 같은 천재지변이 일어나면 자연스러운 파도의 흐름이 깨지면서 작은 에너지들이 블랙홀 현상처럼 한없이 하나의 힘으로 쏠리는 현상이 생깁니다. 쓰나미가 생기면서 아름다운 자연의 경관이던 잔잔한 해변이 한순간에 재난적 혼동 상태로 뒤바뀌면서 아름다움이 사라지고 두려움과 공포가 가득한 공간으로 일순간 바뀌어 놓은 것처럼요. 이러한 재난적 상황을 사람의 특정 기분 장애와 견주어 보면 조증의 상태와 매우 유사합니다. 원치 않는 인위적 혹은 과도한 재난적 기분의 저하 혹은 억압적 스트레스 상황이 잔잔했던 희로애락의 정서성, 안정적인 에너지를 조절되지 않는 충동성과 감정기복의 쓰나미로 바뀌어 버린 것이지요.

우리 뇌는 우울한 상태가 마냥 지속되는 것을 원치 않습니다. 자연스러운 뇌의 회복탄력성(전두엽과 중간-감정뇌의 공조)을 통해 기분이 회복되는 경험은 매일매일 필요합니다. 성경에서도 '분을 품더라도 그 하루를 넘기지 말라'고 했습니다. 이 말은 고통스러운 감정이 응집된 상태를 풀어내는 회복 기전을 자연스럽게 작동시켜 원래의 기분 상태(잔잔한 파도의 흐름으로)로 돌려놓는다는 의미와 함께 하루를 넘기게 될 정도의 감정 상태를 매우 경계해야 한다는 경고의 메시지도 담겨 있습니다.

안전한 감성의 울타리를 벗어나는 감정 상태는 평소와 달리 의기양양하고 고양된 기분, 평소와 달리 과도한 활동성 및 에너지가 넘치는 상태, 과도한 성적 관심, 수면시간의 감소, 사소한 자극에도 쉽게 짜증을 내고 신경질적으로 반응하는 모습 등으로 나타납니다.

조증의 경우 조울증으로 진단을 받은 경우라 하더라도 기분 상태가 항상 들떠 있고 흥분 상태가 아니라 오히려 전반적인 기분은 우울감에 가깝습니다. 즉, 깊은 우울감에서 벗어나기 위한 인위적인 몸부림이 조증의 형태가 나타나는 경우가 많습니다. 자연스러운 회복 감정과 자연스러운 쾌감과는 차원이 다른, 오로지 원치 않는 감정에서 벗어나기 위한 충동적이고 조절되지 않는 에너지입니다. 게다가 이것은 매우 소모적인 형태로 발산되기 때문에 이후에 더 큰 우울증에 빠질 수도 있습니다. 그래서 조증과 관련된 검사의 경우에는 검사항목에서 한두 가지만 일치하더라도 살아온 과거 시간들을 돌아보면서 재평가해보고 조증으로 진행하지 않도록 기분 상태를 잘 점검할 필요가 있습니다.

오늘의 혼밥 메뉴는 뇌과학 정식

---------- 2장 ----------

스트레스와
삶의 질

불안우울척도에 이어서 스트레스의 정도와 대처 전략을 살펴보기 위해 삶의 질 평가를 진행합니다. 병원에서는 스트레스 검사로 통칭해서 부르기도 합니다. 불안우울척도 검사들을 통해 사회적 의무와 책임으로 인해 기분과 긴장감에서 뇌 스스로의 회복탄력성이 얼마나 저하되어 있는지를 확인했다면 삶의 질에 직접적으로 영향을 미치는 스트레스에 대한 평가를 진행합니다. 이를 통해 각자의 뇌 내 회복탄력성을 저하시키는 스트레스 요인을 찾아내는 것이 중요합니다.

삶의 질 평가에서는 본인이 받는 실제적인 스트레스의 강도를 이해하고, 현시점에서 이를 적절히 대처할 수 있는 전략을 가지고 있는지, 가지고 있으면 제대로 작동하는지 아니면 전략이 효과적이지 않거나 부재하면 새로운 전략을 수립하는 것까지 포함됩니다. 이제 하나하나 실제 검사 도구를 통해 설명해드리겠습니다.

지금 내 삶에는
어떤 비가 오고 있을까?

PSS[25]는 최근 1개월 동안 사람이 어떤 사건을 경험하고 이를 환경적 요인으로 객관화하여 삶에서 적절하게 활용하거나 거리두기에 걸리는 시간입니다. 유사하게 적응장애의 여부도 1개월을 기점으로 판단합니다. 질문을 몇 가지 살펴볼까요?

- 예상치 못했던 일 때문에 당황했던 적이 얼마나 있었는가?
- 인생에서 중요한 일들을 조절할 수 없다는 느낌을 얼마나 경험하였는가?
- 신경이 예민해지고 스트레스를 받고 있다는 느낌을 얼마나 경험하였는가?
- 당신의 개인적 문제들을 다루는 데 있어서 얼마나 자주 자신감을 느꼈는가?
- 일상의 일들이 당신의 생각대로 진행되고 있다는 느낌을 얼마나 경험하였는가?
- 당신이 꼭 해야 하는 일을 처리할 수 없다고 생각한 적이 얼마나

---

25) 지각된 스트레스 척도 (PSS: perceived stress scale)

있었는가?

- 일상생활의 짜증을 얼마나 자주 잘 다스릴 수 있었는가?
- 최상의 컨디션이라고 얼마나 자주 느꼈는가?
- 어려운 일들이 너무 많이 쌓여서 극복하지 못할 것 같은 느낌을 얼마나 자주 경험했는가?

PSS로 평가한 스트레스의 정도를 점수에 따라 3개의 단계로 임의로 나누어 보았습니다. 저는 스트레스의 정도를 하늘에서 내리는 '비'에 비유합니다. 1단계는 이슬비(빗줄기가 안개처럼 아주 가는 비), 2단계는 소나기(한여름에 자주 내리는 비), 3단계는 장맛비(어제도 내리고 오늘도 내리고 내일도 내리는 비)입니다.

이슬비는 아침에 뿌연 연무나 습한 느낌처럼 선명하게 빗줄기가 보이지 않는데 분명 비가 내리고 있기는 한 상태입니다. 그러나 사람들은 대부분 이슬비에 우산을 잘 쓰지 않습니다. 시간이 지나 온몸에 물기를 가득 머금고 있음에도 우산을 꺼낼 생각을 못합니다. 얼굴에 느껴지는 이슬비의 느낌이 비 같지는 않아서 이미 젖어버린 상태를 인지하면서도 적극적으로 비에 대처하지를 못합니다. 이슬비같이 1단계에 해당하는 스트레스는 강도는 약하지만, 사람들로 하여금 제대로 대비하지 못하도록 긴장을 늦추게 만드는 것이 특징입니다. 하지만 시간이 흘러갈수록 온몸이 스트레스로 삶의 무게가 감당하기 힘들 정도로 무거워질 수도 있습니다.

소나기는 매일같이 내리는 비는 아니지만, 일정 시간 선명하게 내리는 비이고 누구도 부정할 수 없는 꽤 많은 양의 빗물이 온몸에 순식간에 침투할 수 있기에 급하게 우산을 펴들 수밖에 없습니다. 그런데 문제는 누구나 소나기에 우산을 써야 한다는 것을 알지만, 우산을 쓰는 타이밍을 놓치는 경우가 많아서 잠시 방심하는 틈에 온몸이 스트레스라는 비에 젖어버릴 수 있습니다.

장맛비는 어제도 내리고, 오늘도 내리고, 내일 비가 내릴 것에 대해서 일기예보를 보지 않아도 거의 확실하게 비가 지속되는 상황을 말합니다. 이슬비와 소나기에 비해 당연히 비의 양과 지속 시간에서 월등히 많은 비에 해당하며 스트레스로 치더라도 수일 이상 지속되는 스트레스로 굉장히 무겁고 피하기 쉽지 않은 상태를 말합니다. 그럼에도 불구하고 오히려 3단계 장맛비와 같은 스트레스에서 우리는 더 적절히 스트레스를 대처할 수도 있습니다. 장맛비가 내리는 동안에는 미리 우산을 준비하여 늘 우산을 쓰는 생활에 적응이 되어 있으므로 비 내리는 일상에 대해 더 잘 대비할 수 있을 뿐만 아니라 이슬비와 소나기에 비해서 몸의 상태는 더 뽀송뽀송하게 비를 맞지 않는 상태처럼 더 상쾌할 수도 있기 때문입니다.

스트레스가 오면
우산을 펼치세요

스트레스 대처 척도는 아래와 같습니다.[26)]

• 문제중심 대처

활동 계획을 세우고 그것에 따른다.

그 일이 사라지거나 끝나버리기를 바란다.

그 문제를 잘 이해하기 위하여 그것을 자세히 분석해 본다.

문제해결을 위해 몇 가지 대책을 세운다.

그 일을 잊기 위하여 다른 일을 하거나 다른 활동을 한다.

전문적인 도움을 청한다.

• 정서중심 대처

어떻게든 기분을 풀어버린다.

일이 어떻게 되었으면 좋겠다는 공상이나 소망을 한다.

존경하는 친척이나 친구에게 조언을 구한다.

자신이 느끼고 있는 바를 누구에게 말한다.

아무 일도 안 일어난 것처럼 군다.

일어난 일(또는 상황)이나 나의 느낌을 바꿀 수 있기를 바란다.

[26)] 출처 : 심수진(1995). 자기 표현과 스트레스 대처방식이 스트레스 지각정도에 미치는 영향. 가톨릭대학교 대학원 석사학위논문
김정희(1987). 지각된 스트레스 요인 및 대처양식의 우울에 대한 작용. 서울대학교 박사학위청구논문

우리의 뇌 또한 스트레스가 이와 같이 비의 속성이 있음을 잘 알고 있기에 각자의 환경에서 내리고 있는 비가 많든 적든 우리 마음을 지키기 위한 스트레스 대처, 즉 마음 우산을 활짝 펼치려고 준비합니다. 그런데 실제로는 그림과 같이 25점 만점의 큰 우산을 펴는 경우는 지금까지 진료했던 청년 중에서는 한 명도 없었습니다. 마음은 원이지만, 아쉽게도 실제 마음을 보호하고 스트레스를 이겨내는 우산의 크기는 그림처럼 파란색 우산입니다. 작고 비대칭으로 쏠려 있습니다.

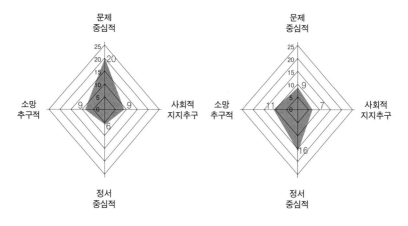

24세 여성으로 만성적 스트레스로 인한 번아웃을 경험한 환자의 뇌파

28세 남성으로 공황장애로 잦은 과호흡 증상을 겪고 있는 환자의 뇌파

이 우산을 쓰고 빗속을 걷는다고 생각해 보세요. 소나기에는 1분, 안개비에는 10분이면 온몸이 비(스트레스)에 젖어버릴 것 같습니다. 우리는 그런 삶을 매일매일 살아오고 있습니다. 비가 새는 마음 우산을 보며 그냥 비를 맞고 살아야 할 운명으로 받아들여야 할까요? 그렇지 않

오늘의 혼밥 메뉴는 뇌과학 정식

습니다. 마음의 우산이 적어진 이유를 살펴보고 이에 대해 적절한 대처를 하는 것이 중요합니다. 마음 우산을 다시 펴는 전략을 세워야 하는 것이지요.

워커홀릭이 세상을 대하는 자세
(문제중심 축)

위 그림을 다시 보면 우산의 맨 앞쪽은 문제중심적으로 향해 있습니다. 이는 자신의 스트레스 점수에 해당하는 정도의 삶의 무게가 일상을 덮쳐올 때 '아, 이건 내 문제이구나, 내가 감당해야 할 일이구나'라는 마음이 먼저 떠오르는 것입니다.

문제중심적 축은 다른 3개의 축에 있는 에너지를 모두 흡수해버리는 힘을 가지고 있습니다. 왜 그럴까요? 다른 3개의 축(소망추구, 사회적 지지, 정서중심)은 모두 자신의 내면을 더 살피고 그 필요에 민감하게 반응함으로 마음 우산을 지탱하는 역할을 해낸다면, 문제중심적 축은 사회적 가면으로 사회적 의무와 책임을 다하기 위한 모습을 유지하기 위한 부담감에서 비롯되는 대응축이기 때문입니다. 문제 중심적 축에 매몰되는 순간 자발적 동기부여 보다는 일단 가지고 있는 에너지를 쏟아부어서 눈앞에 있는 일부터 처리해야 합니다.

그림을 통해 문제중심적 축에 대한 청년들의 점수대를 분석한 결과, 10점대에 머물러 있는 경우가 대부분이었습니다. 25점 만점에서 떨어진 점수만큼 '이제는 그 문제적 상황에서 제가 지쳤어요'라는 메시지를 담고 있습니다. 그 문제나 일을 몰라서가 아니라 '내가 지쳤으니 나 좀 내버려 둬라', '그 문제적 상황에서 안전한 거리를 유지하고 싶다'라는 내적 외침에 해당합니다. 떨어진 점수만큼 삶을 유지해낼 에너지가 부족함을 의미합니다.

지친 상황에서 에너지까지 부족하게 되면 근근이 일을 이어가며 성과를 올리더라도 정작 그 과정에서 만족과 행복감은 점점 희미해져 갑니다. 스트레스 대처에 있어 마음 에너지가 중요함을 알게 됩니다. 얼마나 지쳐 있는지 알 수 있는 기준이 될 수도 있습니다. 스트레스를 대처하는 것에서 중요한 에너지와 힘은 신체적 파워나 스킬보다도 오히려 정서적 에너지와 안정감에서 비롯됩니다.

마음배터리 충전하기
(정서중심 축)

다음으로 우리 마음의 에너지의 충전소인 정서중심적 축을 살펴보도록 하겠습니다. 정서중심적 축은 아래를 향하고 있습니다. 제가 아래에 둔 이유는 문제중심적 축에 비해서 우선순위가 떨어지거나 중요하지 않아서가 아니라 스트레스 대처에 있어 근간, 뿌리가 되는 축이라는 의미를 담고 있기 때문입니다.

'정서중심' 축을 통해서 우리 삶을 살아낼 정서적 에너지의 충전이 이루어집니다. 정서중심에 집중하는 것은 내가 원하는 대로 먹고 마시고 쉬고 노는 등 진정한 워라벨을 추구하는 삶을 의미합니다. 즉, 나만의 시간과 장소에서 내 마음속에 있는 정서 배터리에서 충전이 일어나게 됩니다. 충전기가 충전지에 온전하게 꽂혀 있고, 방해받지 않고 넉

오늘의 혼밥 메뉴는 뇌과학 정식

넉한 시간으로 충전이 일어나는 것처럼 이러한 충전이 최소한 80%까지 충전될 때 정서적 안정감으로 인해 마음이 든든해짐을 느낍니다.

적어도 80%라고 말한 이유를 핸드폰에 비유해서 설명하자면 일상적인 용도로 핸드폰을 사용할 때 중간에 방전되지 않고 사용할 수 있는 배터리가 80%이기 때문입니다. 정서중심적 축또한 만점이 25점일 때, 80%인 20점은 되어야 한다는 뜻입니다.

그런데 우리 청년들이 보여준 정서중심적 축의 점수는 안타깝게도 문제중심적 축보다 낮게 나오는 경우가 대부분이고 평균적으로 10점 전후로 나타나고 있습니다. 10점은 핸드폰 배터리 기준으로 40% 정도에 불과합니다. 만약에 40% 충전된 핸드폰으로 하루를 시작한다고 가정해 보겠습니다. 이 핸드폰이 언제쯤 방전될까요? 아마도 점심시간이 채 되지 않아서 사용하기 힘들어질 것 같습니다. 핸드폰은 방전되면 충전을 바로 해야 합니다. 아무리 최신 스마트폰이어도 배터리가 0인 상태에서는 작동하지 않으니까요.

마찬가지로 사람의 정서적 에너지가 40%에 불과한 상태에서 하루를 시작하면 이 또한 하루 반나절을 넘기기 힘든 에너지 상태로 볼 수 있습니다. 그런데 사람에서는 정서적 에너지가 방전되어도 핸드폰처럼 바로 꺼지지는 않습니다. 원래대로라면 핸드폰을 충전하듯이 사람도 다시 움직일 수 있는 마음 상태가 되기 위해서 충전할 수 있는 곳에서 나만의 시간을 가져야 함에도 불구하고 현대 사회에서는 그럴 수가 없습니다.

우리는 사회적 인간으로 사회의 일원으로 살아가도록 어릴 때부터

교육을 받아왔고 자기도 모르게 서서히 형성된 사회적 가면은 우리의 진짜 모습과는 다른 사회적 의무와 책임을 다해야 하는 또 하나의 모습을 가지고 살아내야 합니다. 정서적 에너지가 방전된 상태이지만, 마음에서 우러나오는 열정이 식어가는 상태이지만, 아무렇지 않은 듯이 움직이게 됩니다. 흡사 좀비가 나오는 미국 드라마 '워킹데드' 같은 모습입니다. 얼굴에서 초점을 잃어가고 소소한 행복을 누리던 예전, 소싯적 활달했던 기운이 느껴지지 않는 안타까운 상황입니다.

그렇다면 어떻게 해야 할까요? 네 맞습니다. 정서중심의 축을 바로 세워서 그곳으로 온전한 충전의 에너지가 잘 모이도록 해야 합니다. 그런데 이 점수를 짧은 시간에 끌어 올릴 수는 없습니다. 중독성 물질이나 행위를 통한 인위적 보상에 반복적으로 노출되면 일시적으로는 급속 충전된 느낌을 받아서 불안이 줄어들고 행복한 감정을 느낄지 몰라도 인위적 보상이 가진 빠른 휘발성으로 인해서 우리는 계속해서 보상에만 의존하게 되고, 진정 에너지가 충전된 이후에 다음 스텝으로 나아가는 삶에 대해서는 관심이 뚝 떨어지게 됩니다. 제사 보다 젯밥에만 관심 있는 사람처럼.

그래서 시간이 걸리더라도 정서중심의 축을 공고히 하여 지속적인 충전과 함께 급속히 방전되는 것을 막기 위한 방안으로 정서중심 축을 품고 있는, 마음 우산의 좌우 날개를 이루는 2개의 축이 건강한 상태의 점수로 회복되는 것이 가장 효율적이고 안정적인 방법입니다.

삶의 질 향상은 삶의 여유로부터
(소망추구적 축)

문제중심적 축이 짧은 시야로 눈앞의 '나무'에만 몰입하는 상태라면 소망추구적 축은 눈을 들어 넓은 시야로 숲을 보려고 하는 마음입니다. '시간은 약이야', '꿈은 이루어진다'라는 말을 잘 사용하는 사람들이며 소망추구적 삶은 삶의 여유와 유사한 개념입니다.

'거인의 어깨에서 더 넓은 세상을 보라'라는 뉴턴의 말과 같이 소망추구적 삶은 급한 일보다 넓은 시야를 통해 내 삶의 과거와 현재와 미래를 조망하면서 가장 중요한 것이 무엇인지 더 집중할 수 있도록 해야 합니다.

문제는 누구나 넓은 시야를 가지고 일상의 급한 이슈에 매몰되지 않는 여유롭고 삶의 질을 추구하는 삶을 살아내고 싶지만, 매일의 삶은 항상 우리에게 지금 그렇게 여유를 부릴 때가 아니라면서 자꾸 조급한 마음을 가지게 합니다. 한 개인으로서 사회가 주는 압박, 부담감에서 자유로울 수 없기에 한가롭게 여유를 부릴 수 없어서 소망을 품고 여유 있는 삶은 그냥 그 언젠가의 꿈같은 버킷리스트로 남겨두는 수순을 밟는 경우가 많은 것 같습니다. 그래서 이 시점에서 사회적 지지의 축이 힘을 발휘해주어야 합니다.

더 넓은 세상을 바라보라
(사회적 지지의 축)

일상의 삶에서 분주하고 모두가 내가 열심히 살기만을 재촉하는 소리가 크게 들릴 때 삶 속에 원치 않는 소음으로 가득 차는 상황에서 '괜찮아, 잘하고 있어', '아 그랬구나, 알겠어 힘들겠지만 내가, 우리가 함께 있어 줄게'라고 불안을 잠재워주는 귀한 음성을 들을 수 있는 대상이 필요합니다. 이런 역할을 해주는 사람들은 내가 좋아하고 나에게 소중한 분들이며 멀리 존재하는 특별한 사람이 아니라 나와 관계를 맺어오고 있는 지인, 친구, 가족 공동체 가운데 소수라 하더라도 내 얘기를 잘 경청해주고 내 마음을 공감해 줄 수 있는 사람들입니다.

사회적 지지의 축을 활용하기 위한 기본 동기는 '용기'라는 감정에서 비롯됩니다. 마음을 열 수 있는 용기는 나를 지지해주는 분들과 함께 있을 때 가능합니다. 이 시대를 살아가는 청년들에게 사회적 지지는 같은 학교, 같은 학원, 직장, 스터디그룹 등 뭔가 서로의 상황과 수준과 목표가 같은 이들을 통해 받아야 하는 것으로 생각할 수 있는데 이건 오해인 것 같습니다.

청년들에게 필요한 사회적 지지를 줄 수 있는 사람들은 남녀노소 제한이 있을 수 없습니다. 나와 눈을 맞추고 어떤 얘기나 표정에도 그 자리에서 함께 웃고 울어주고 견디어 주는 사람이라면 누구든 상관없습니다. 우리는 원래 소망추구적 삶과 사회적 지지를 누리는 삶을 바라고 원하던 사람들이었습니다.

이러한 가치를 누리기 위해 꿈을 꾸고 소망을 따라가는 삶을 기대할 수 있는 여유와 조금 다른 길이고 좁아 보일 수 있어도 세상의 소음에서 분리되는 경청의 공감대라는 시그널에 마음을 모을 수 있는 용기를 다시금 되살려야 합니다.

오늘의 혼밥 메뉴는 뇌과학 정식

그런데 청년들이 스스로를 돌아보고 드러난 2개 축의 점수를 살펴보면 이 또한 10점대에 머물러 있는 경우가 대부분이었습니다. 그래서 두 개의 축이 원래의 점수대(20점)로 회복할 수 있도록 사회적 가면 뒤에 숨겨진 자신의 진짜 속마음을 살펴보는 시간이 선행되어야 합니다.

• 스트레스 대처방식 척도

① 활동 계획을 세우고 그것에 따른다.

② 무엇을 해야 할지를 알기 때문에 일이 잘 되도록 더 열심히 노력한다.

③ 일이 어떻게 되었으면 좋겠다는 공상이나 소망을 한다.

④ 자신이 처한 지금의 상황보다 더 좋은 경우를 상상하거나 공상한다.

⑤ 문제를 구체화시킬 수 있는 사람과 이야기를 한다.

⑥ 존경하는 친척이나 친구에게 조언을 구한다.

⑦ 모든 것을 잊어버리려고 노력한다.

⑧ 그 일을 무시해 버리거나 그것을 너무 심각하게 받아들이지 않는다.

⑨ 그 일에서 무엇인가 창조적인 일을 할 수 있는 단서를 얻는다.

⑩ 일이 잘 되어 나갈 수 있도록 무엇인가를 변화시킨다.

⑪ 운이 나쁠 때도 있으니까 운으로 돌린다.

⑫ 아무 일도 안 일어난 것처럼 행동한다.

⑬ 그 일이 사라지거나 끝나버리기를 바란다.

⑭ 일어난 일이나 나의 느낌을 바꿀 수 있기를 바란다.

⑮ 자신이 느끼고 있는 바를 누구에게 말한다.

⑯ 그 일에 대해 좀 더 알아보려고 누군가와 이야기한다.

⑰ 그 문제를 더 잘 이해하기 위하여 그것을 자세히 분석해 본다.

⑱ 다음 단계에는 어떻게 해야 할 것인지에 대하여 전념한다.

⑲ 그 일을 잊기 위하여 다른 일을 하거나 다른 활동을 한다.

⑳ 다른 사람에게 한풀이를 한다.

㉑ 그 일이 지금보다 더 나을 수도 있었음을 스스로 일깨운다.

㉒ 그 일이 잘되게 해달라고 기도한다.

㉓ 전문적인 도움을 요청한다.

㉔ 다른 사람들의 동정과 이해를 받아들인다.

결국 정신질환을 진료함에 있어 기분 상태, 성향과 기질, 사고영역 등에 대한 면밀한 평가를 통해 마음 상태를 제대로 살펴보는 것이 중요합니다. 많은 청년을 진료하면서 한 사람의 마음속에 자리 잡은, 혹은 새로이 형성되고 있는 정신병리가 적지 않음을 알 수 있었고 치료적 접점을 거점이 되는 증상 포인트를 중심으로 찾아야 함을 알게 되었습니다.

예를 들어 공황장애로 알고 있는 환자에게 또 다른 증상 포인트가 되는 우울감을 찾아서 치료해주면 공황을 바라보는 부정적이고 왜곡된 인지가 완화되면서 공황 증상을 극복하는 치료법에 대해 더 열린 마음과 긍정적 태도로 임할 수 있었습니다.

3장

치료와 회복의 출발점, 지피지기

코로나와 기후위기, 거기에 물가상승, 취업난 등 사회경제적 어려움은 기본에다 저마다 전쟁터 같은 현실을 살아내는 청년들을 보고 있자면 여러 마음이 듭니다. 청년들을 돕기 위한 치료계획수립은 다면적인 증상에 적절히 대처할 수 있는 전략적 접근을 우선시해야 합니다. 그래서 청년들이 가진 아픔의 다면성을 잘 이해할 필요가 있으며, 이를 위해서 3가지의 거점 포인트를 설정하여 회복의 발판으로 활용하도록 합니다.

감기가 그냥 호흡기 증상으로 특정 장기에 국한되는 현상이라면 마음 건강은 3개의 지지대(기둥)가 지탱하고 있다고 가정해 봅니다. 초등학교 과학 시간에 삼발이를 통해 실험 수업을 했던 기억이 있는데요,

삼발이가 받치고 있는 용기를 떠올려 보시면 마음 건강의 구조를 잘 이해할 수 있을 것 같습니다.

그런데 이들 마음 기둥의 기초를 흔드는, 마음 건강을 위기에 빠트릴 수 있는 3가지 요인이 있습니다. 이를 먼저 잘 이해하는 것이 중요합니다. 1번은 사회적 의무 및 책임감으로 인해 유발된 증상군, 2번은 자신이 정말 원하는 바를 이루지 못한 아쉬움과 허탈함, 그리고 3번은 기질이나 성향적으로 자신에게 부족한 에너지가 일상생활이나 대인관계에서 어려움을 유발하는 경우로 나누게 됩니다.

마음의 댐을 무너뜨리는
3가지 스트레스

첫 번째 스트레스는 과도한 사회적 가면입니다. 비슷한 말로 사회적 의무나 책임감으로 생각해 볼 수 있습니다. 해야 할 일로 인해 마음의 눌림이 지속되면서 사회적 가면이 점점 더 무거워지는 형국이지요. 우리 삶은 해야 할 일들을 찾기 위해 무진 애쓰는 삶의 연속입니다. 더 문제는 해야 할 일들에 매몰되고 나서는, 그것들을 지켜내기 위해 남은 에너지마저 남김없이 소진하게 됩니다. 최근 통계를 보면 40대 전후의 급사가 적지 않습니다. 누적된 피로감과 각종 질병 외에도 정서적 탈진상태가 결정적 한 방이 될 수도 있는 것이지요.

첫 번째 증상축: 우리는 사회적 인간으로서 어릴 때부터 다양한 교육 시스템을 통해 사회화를 훈련받고 있습니다. '아들러의 자아성장이론'에 필요한 과정들이지만, 상당 부분 자신이 원해서라기보다는 일단 해야 하니까 시작하게 되고, 어느 수준까지 마쳐야 하는 의무와 책임은 항상 꼬리표처럼 따라다니기에 적지 않은 스트레스를 감수하며 살아가고 있는 것은 분명합니다. 사회적 짐이 가벼워질수록 뇌 내에서 세로토닌의 활성도가 높아져서 집중력, 감정조절, 안정적 수면 등이 잘 유지됩니다.

사회적 가면을 유지하기 위해 힘겨워하는 한 청년의 사례를 들어보겠습니다.

A 씨는 간헐적 공황 상태가 대표 증상이며 주변에서 병원에 가보라고 권유받은 상태이고 본인도 문제의 심각성을 인지하게 되면서 근처 병원을 찾아보기 시작했습니다. 인턴십과 취업 준비로 수년간 회사-집, 혹은 도서관-집으로 다람쥐 쳇바퀴 같은 삶이 이어집니다.

그는 대학교 2학년 학생입니다. 전공은 컴퓨터 공학인데 사실 컴퓨터를 잘 모릅니다. 전공과목을 열심히 따라가려고 하는데 강의 시간에 도저히 집중이 안 됩니다. 학기가 거듭될수록 자신감이 떨어집니다. 사실 원래는 약대를 가고 싶었지만, 대학입시에서 뜻을 이루지 못했습니다. 3수를 하면서 더 이상 부모님께 부담을 드리기 싫었습니다. 그래도 남들이 유망한 과라고 해서 선택했는데 도무지 마음이 열리지 않습니다. 교수님과 면담도 수차례 하면서 용기를 내보려 하는데 집중이 되지 않습니다. 이번 학기만 어떻게든 버텨보고 다음 학기는 휴학을 고려하고 있습니다. 학사 경고가 나올 것 같고, 팀플하는 멤버들에게 자꾸 민폐만 끼치는 것 같고 점점 학교 생각만 해도 두렵기만 합니다.

결국 사회적 가면이 자꾸만 두터워 집니다. 약학이든 컴퓨터 공학이든 선택의 기준이 자신의 행복 보다 주변의 시선과 기대에 초점이 맞추어져 있는 것이 문제의 핵심입니다. 자신의 결정에 대한 확신보다 타인의 부정적 평가에 대한 두려움이 훨씬 크기 때문이지요.

하다 보면 3수를 할 수도 있고 약학이든 컴퓨터 전공이든 각각은 중성적 가치에 불과한데 내가 좋아하고 바라고 즐길 수 있는 대상이 아니라 대학 입학이 누군가의 기준에 따라 살아내야 할 미션이 되는 순간 '아 하기 싫다', '언제까지 해야 하지', '과연 내가 해낼 수 있을까?'와 같은, 별로 도움이 되지 않는 근심 걱정이 한가득합니다. 불안 가득한 개미가 득실대기 시작하는 것이지요.

두 번째 스트레스는 정말 원하는 바에 집중하지 못하는 아쉬움과 허탈함입니다. '휴학하고 쉬고 있는데 별로 나아지는지 모르겠어요', '회사에 병가를 내고 집에만 있는데 오히려 불안하고 답답해요', 아니면 역으로 '쉬면 뭐 하나요, 아무것도 안 하면 불안해서 못 견딜 것 같아요'라는 말을 진료실에 자주 듣게 됩니다.

너무 힘들어서 내원했지만, 해야 할 일들에 묻혀서 쓰러지기 일보직전이지만, 그 짐을 덜어내지 못하는 삶이지요. 우리 삶을 지탱하는 시소의 한 축이 해야 할 일로 가득 차게 되면 다음과 같은 독백을 하게 됩니다.

오늘의 혼밥 메뉴는 뇌과학 정식

'아 맞아 삶은 시소였지. 맞은편에는 내가 정말 원하는 일(play)로 채워야 하는데 내가 뭐 하고 있지? 근데 잘 모르겠어. 어떻게 해야 하나? 내가 어릴 때는 나름 잘 나갔는데. 소풍 시간에 장기자랑에서도 리더였고, 몸을 움직여서 노는 데는 늘 앞장서고, 노는 거라는 누구에게 지지 않았는데.'

맞습니다. 인정합니다. 그러나 분명히 기억해야 할 사실은 쓰지 않는 근육이 약해지듯이 play를 노는 것만으로 생각하고 소홀히 하게 되면 play에 담긴 '원하고 바라고 좋아하는 일'에 온전히 거하지 못함으로 인한 삶의 불균형이 가속화될 수 있다는 점입니다. 그래서 두 번째 스트레스, 즉 하고 싶은 일을 하지 못해서 오는 스트레스로 인해 초래되는 대표적인 현상은 '짜증'입니다.

누가 뭐라고 말해도 집중하기 어렵고, 한 귀로 듣고 다른 귀로 흘려버리게 됩니다. 소통의 어려움이 더 깊어집니다. 왜냐하면 내 마음의 배터리를 play를 통해 충전하지 못하고 오히려 방전되고 있기 때문입니다. 여기서 짜증이 쌓이게 됩니다. 만약 여기서 더 나아간다면 인생의 위기감으로 이어지게 됩니다. 여기서 더 내면으로, 더 어린 시절로 돌아가면 내 마음속 생명 나무에 에너지가 결핍되어 있음을 발견할 수 있습니다.

결핍은 상처와 닮은꼴입니다. 사고나 외상으로 인한 좋지 않은 경험이 외적으로 드러나는 상처라면 원하는 사랑을 충분히 받지 못하는 애정결핍과 바라는 것을 얻지 못하는 좌절 경험은 대표적인 결핍으로 유발된 드러나지 않는 상처들입니다. 드러나지 않지만 내 마음속에 그 서운함과 아쉬움이 겹겹이 쌓여 깊은 우울을 만들어 내고 세상으로 통하는 창문의 커튼을 걷어낼 힘마저 소진되는 것이지요.

두 번째 증상축: 사람은 누구나 내가 원하는 바, 기본적인 욕구들이 있습니다. 먹고, 자고, 놀고, 쉬고, 서로 사랑하고 등 이러한 욕구들을 채우는 시간들이 어릴 때에는 일상생활의 과반이 넘었다면, 성인이 된 청년들은 이러한 욕구들을 최대한 누르고, 자제합니다. 그러다 보면 잘 느끼지도 못하면서 욕구를 통해 삶의 에너지를 얻게 되는 시간들이 급격히 줄어들게 됩니다. 자신이 원하는 바, 기본적이고 소중한 바람들이 채워지는 시간들 속에서 우리 뇌는 자연적 보상을 바탕으로 행복호르몬, 도파민의 분비와 조율을 최적의 상태로 유지할 수 있게 됩니다.

'무슨 낙으로 사나' 하며 하루하루 고민이 깊어지는 한 청년의 사례를 들어보겠습니다.

B 씨는 어머니와 단둘이 살고 있는 청년입니다. 대학교 1학년이 되고 바로 코로나가 터지면서 계속 집에서만 수업을 들었습니다. 친구를 만날 기회도 없었고 어머니도 오랜 우울증과 치매 증상으로 아들과 거의 소통이 없습니다. 항상 우울함에 익숙해져 있었고 도움을 호소하기를 수년째 이어왔지만 내 목소리에 귀 기울여 주는 사람이 한 명도 없는 것 같아서 우울함의 심각성에 대해 둔감한 상태입니다. 삶이 진흙

오늘의 혼밥 메뉴는 뇌과학 정식

탕 속처럼 어둡고 버겁다 보니 적어도 내일 더 이상 비가 내리지 않고 밝은 해가 뜰 거라는 기대조차 하지 못합니다. 즉, 내면에 자리 잡은 망상적 믿음이 있는 그대로의 세상을 왜곡시켜 관계사고와 피해사고라는 파국적 병리현상을 일으키게 됩니다.

관계사고란 타인의 행동 또는 환경 현상이 자신에게 어떤 영향을 주기 위해 일어난다는 불확실한 믿음을 말합니다. 쉬운 예로 우연히 대화하고 있는 낯선 사람들과 마주쳤을 때 그들이 자신에 대해 이야기하고 있는 중이라고 추측하는 경우가 있습니다.

피해사고는 다른 사람들이 자신을 부당하게 괴롭히고 속이며 고통을 주고 피해를 입히려 하고 인생을 비참하게 만들려 하며, 심지어는 자신을 죽이려 한다고 믿습니다. 이런 증상은 환자 자신의 결함이나 적개심·불만이 다른 사람에게 투사되어 그들이 자신을 해칠 것이라고 믿는 경우가 대부분입니다.

B 씨는 가정에서의 결핍과 상처로 인해서 사회에서는 고립된 청년으로 외롭고 공허한 삶을 살아갈 수밖에 없었습니다. 더 나아가 사회는 내가 불우하게 살아왔던 어린 시절의 재판이 될 것 같은 마음으로 이제는 더 상처받기 싫어서 선제적으로 세상에 대해서 사람들에 대해서 나만의 생각의 틀(관계 및 피해사고)을 만들어가게 되었던 것입니다. 세상은 위험하고 사람들을 믿을 수 없기에 항상 경계해야 하고 때로는 자신을 보호하기 위해 상대방을 먼저 공격해야 될지도 모르기에 관심과 사랑을 받아야 할 관계에서도 의심하는 마음을 내려놓을 수 없게 됩니다.

반복적인 재발성 우울증은 마음의 창을 어둡게 만들고 고착화된 오목거울처럼 인지적 왜곡이 심화되기도 합니다. 이로 인해 외부의 자극에 대해서 있는 그대로 받아들이지 못하고 '썬텐이 강한 유리'처럼 새로움을 더해주는 빛에너지도 부족하게 되지만, 무엇보다도 마음의 창을 통해 세상과 소통하고 싶은 욕구가 현저히 떨어져 스스로 내재화된 망상적 믿음에 더 집착하는 성향이 높아지게 됩니다.

나름의 에너지를 채우기 위해 B씨가 해오는 전략은 게임과 성인동영상입니다. 문제는 일시적 도파민의 분비로 인한 스트레스 완화효과(마취효과)는 있겠지만, 짧은 반감기로 인해서 반복적으로 게임을 하거나 동영상을 보고 있지 않으면 금단증상에 준하는 짜증과 불편함이 오히려 일상을 더 힘들게 합니다.

B 씨는 친구를 갈망하고 있습니다. 또래 친구들과의 관계를 회복하고 싶어 합니다. 그들을 통해 많은 칭찬과 인정을 받을수록 자신이 살아있음을 느끼기 때문입니다. 그런데 세상에 나갈 용기가 부족합니다. 가까운 가족에게 세상으로 이끌어갈 디딤돌 역할을 해달라고 애원해보지만, 그들 또한 지쳐있는 상황에서 이 청년의 필요에 민감하지 못합니다. 오히려 미리 부담을 느끼고 은둔형 외톨이는 원래 그런 거라고 하면서 환자의 방문이 닫혀 있는 상태를 열어보려는 시도를 하지 않게 됩니다.

처음에는 약한 우울증과 공황이었을지 모르지만, 진정 원하는 바에 관심을 두지 않게 되면 결국에 회복이 어려운 만성적 병리가 자리 잡을 수 있고 이는 치료에 저항성이 크기 때문에 많은 시간과 노력을 투

오늘의 혼밥 메뉴는 뇌과학 정식

입해서도 호전되기 어려운 정신과적 장애가 지속될 수 있습니다.

　세 번째로 마음 기둥을 흔드는 스트레스 요인은 기질이나 성향적으로 자신에게 부족한 에너지가 일상생활이나 대인관계에서 어려움을 유발하는 경우입니다.

　누구나 살다 보면 자기랑 맞지 않는 사회적 상황이나 대인관계가 있기 마련입니다. (이것은 필요 없는 것이 아니라 이것을 오히려 나의 부족한 에너지를 채울 수 있는 보색처럼 어떻게 활용하느냐가 더 중요합니다) 나에게 부족한 에너지는 내가 잘못해서 부족한 것이 아닙니다. 태어날 때부터 우리가 가지고 있는 고유한 기질이 있습니다. 내향적일 수도 있고 외향적일 수도 있고 어떤 사람은 조화와 균형을 선호하는 반면에 어떤 이는 진취적인 실행력으로 리더십을 발휘하기도 합니다. 또한 깊은 통찰을 바탕으로 성실함이 강점이 있는 사람이 있는가 하면, 똘끼 충만하지만 그 누구보다 높은 수준의 직관적으로 창의적 언행이 장기인 사람도 있습니다. 각자의 성향은 태어나서 성인이 될 때까지 다양한 경험이 축척된 결과입니다. 이 결과는 고스란히 뇌발달과정에 반영되고, 특히 각 사람의 전두엽 발달에 핵심적으로 기여합니다.

　전두엽은 뒤쪽 뇌에서 들어오는 감각 정보, 즉 외부세계의 모든 자극을 받아들이는 곳입니다. 여러 가지 자극이 감정뇌와 기억뇌를 거쳐서 전두엽으로 유입되는 순간 성숙한 전두엽은 자신이 발달을 거듭해온 방식(성향과 기질)대로 이 정보들을 통합하고 조절하여 최종 결정을 내리게 됩니다. 그런데 익숙하지 않고 원치 않는 환경과 관계 속에서 계속 머물러 있게 되면 부작용이 생기기 시작합니다.

가장 먼저 스스로가 어색함을 느끼기 시작하고, 좀 더 시간이 지나면 주변에서 불편한 나의 모습을 발견하기 시작하고, 불편한 주변의 시선을 받게 되면 그 속에 포함되어 있을지도 모르는 부정적 평가에 대해 매우 불안하고 걱정하는 마음이 극에 달하게 됩니다. 분명히 잘 해낼 수 있는 영역에 대해서도 이러한 원치 않는 어색함으로 인해 '이 일은 나와 맞지 않아.', '이 사람들은 나를 좋아하지 않아.' 같은 부정적 사고가 자리 잡게 됩니다. 이것을 인지적 왜곡 현상이라고 합니다.

우울증의 3대 왜곡 포인트, 즉 세상에 대한 부정적 사고, 관계에서의 부정적 사고, 그리고 스스로에 대한 부정적 사고가 층층이 누적되면 뇌 내에서 외부적 자극에 대해 셀로판지 같은 필터가 만들어집니다. 그러면 있는 그대로의 가치와 에너지를 경험하기 힘들어지는 것이지요.

이처럼 내 삶이 왜곡되고 힘들어질 때, 나와 가장 맞지 않는 사람이 누구일까요? 아이러니하게도 가족입니다. 특히 어릴 때부터 공교육의 틀 안에서 엄청난 학습량을 소화해야 하는 대한민국의 학생들이라면 부모님과 강한 마찰을 경험할 수밖에 없습니다. 이는 서로 눈높이에 차이가 크기 때문이기도 합니다.

세 번째 증상축: 누구나 익숙하지 않고 적응하는 데 시간이 걸리는 이슈들을 가지고 있습니다. 친구를 사귀더라도 수다스럽거나 참견을 많이 하는 또래와는 좀 거리를 두게 되거나 철학과 문학에는 쉽게 마음이 열리는데 수학적 공식이나 코딩 같은 기술적 이슈들에서

오늘의 혼밥 메뉴는 뇌과학 정식

는 마음이 무거워지기도 합니다.

어떤 사람은 문제를 해결할 때 남의 의견을 듣기보다는 자신의 직관에 의지하는 것이 편하기도 하고 또 어떤 사람은 당장 해야 할 일보다 흥미로운 관심사가 더 중요하기도 합니다. 즉, 성향과 기질에 잘 맞지 않을 경우에 이것을 나와 맞지 않는 것으로 단정 지을 수 있는데, 꼭 그럴 필요는 없습니다. 오히려 내가 부족한 에너지 영역임을 의미하기에 적절하게 잘 활용한다면 우리 뇌는 색의 배치에서 '보색'을 활용하여 거부감 있는 색을 오히려 삶 속에 잘 녹여내어 그 색이 가진 장점만을 취할 수도 있게 됩니다.

이제 사회적 관계에서 서로 다른 성향으로 인해 적응하는 데 어려움이 반복되는 한 청년의 사례를 들어보겠습니다.

C 씨는 자신이 성인 ADHD가 아닌지 걱정이 되어 병원을 찾았습니다. 초등학교 재학 당시부터 장시간 집중에 어려움을 겪었으며 자리에 가만히 앉아있지 못하고 뛰어다니거나 책을 안 챙기고 숙제를 잊어버리는 등 부주의한 측면으로 학교생활에 어려움을 겪어왔다고 합니다. 한편 '엄마가 화를 내면 불같이 화를 냈어요. 물건 집어 던지고. 괴물 같다고 해야 하나.'라고 보고하는 등 초등학교 재학 당시부터 한 달에 수차례 어머니가 아들(C 씨)에게 폭언이나 폭력을 가하여 하교 후에는 늘 우울하고 불안감을 크게 느꼈다고 합니다.

중학교 재학 중에는 수업의 집중이나 선생님 말의 경청이 어려워 수업 중에 돌아다니는 등 외부 자극에 쉽게 산만해지는 모습이었다고 회상하였으며, 같은 반 학생이 괴롭혀 스트레스를 많이 받았다고 보고하기도 하였습니다.

현재는 대학교 3학년 재학 중으로, 과제나 출석에 성적에 영향을 받고 있다고 합니다. 최근에는 기분의 기복을 보고하고 있는데 안 좋은 일이 있으면 쉽게 불안해져 며칠간 우울하고 기력이 없는 반면, 특정 계기가 있으면 기분이 고양되어 며칠 동안 지속되며 심하면 1주 간격으로 기분이 들썩이고 있는데 고등학교 재학 당시부터 이러한 양상이 나타났다고 보고하고 있습니다.

엄마는 사회적으로 성공한 사람이었고 아버지는 집안에서 유약한 주변인으로, 양육에 있어서는 방관자였습니다. 엄마는 자신의 성공이 외동아들인 C 씨를 통해 온전히 드러나기를 바랐고, 아이는 엄마의 기대에 부응하기 위해서 어릴 때는 일단 무조건 순종하는 방향을 선택했습니다. 그런데 솔직히 공부가 재미가 없고 엄마가 원하는 수준은 너무 높고, 그러나 보니 자꾸 딴생각을 하게 되는데, 일부러가 아니라 그나마 나만의 세계에 빠져 있으면 편안함을 누릴 수 있는 일말의 기대감 때문일지도 모릅니다.

칭찬보다는 잔소리와 체벌에 익숙해지다 보니 주의집중이 안되고 맡은 일을 제대로 수행해내지 못하는 아이로 스스로를 평가절하하게 됩니다. (자존감 저하로 매일 만족스럽고 행복한 경험을 할 수 없을 테니 당연한 결과이기도 합니다)

C 씨가 스트레스 상황을 빠져나가기 위한 방법은 엄마의 바람대로 완벽해지는 것입니다. 그런데 사실 완벽이라는 건 세상에 존재하지 않

오늘의 혼밥 메뉴는 뇌과학 정식

는 가치입니다. 엄마는 옆집 친구와 비교하다가 내가 그 친구와 경쟁에서 이기게 되면 또 다른 대상을 엄마는 내 앞에 가져다 놓고 또다시 자기를 다그치고 채찍질할 거라는 두려움이 있습니다.

C 씨는 자신에게 부족한 에너지가 무엇인지 질문을 받았을 때 대뜸 하는 얘기가 '내 평생 가장 하고 싶은 일은……, 돈이나 명예 같은 외적인 조건보다는 내가 말하는 것을 잘 경청해주는 훌륭한 사람들을 만나고 싶고, 나도 그들의 의견을 듣고 싶다'라고 했습니다. 자신과 똑같은 사람을 찾는, 불가능한 일을 기대하는 것이 아니라 나를 있는 그대로 받아들여주고, 내 말을 경청해주는 대상이 절실히 필요하다는 것입니다.

이것은 본인에게 부족한 에너지가 통찰의 에너지임을 느끼고 있다는 것을 보여줍니다. 자신의 마음과 마음을 담는 그릇인 뇌건강이 온전히 회복되기 위한 지름길이 바로 소통에 있음을 이해하기 시작한 것입니다.

청년의 삶을 나무로 예를 들면, 심긴 묘목이 스스로의 뿌리를 땅에 깊이 내려서 자리매김하는 시기입니다. 당장의 열매가 눈에 보이지 않아도, 미래가 안개가 낀 날씨처럼 선명하지 않아도, 더 큰 꿈을 꾸기 위한 준비의 시간으로 뿌리를 통해 좋은 자양분을 충분히

생명 나무

흡수하는 시기이기에 그렇게 불안할 필요가 없고 오히려 꿈과 야망을 키워나갈 삶의 여유를 찾는 것이 더 중요합니다.

청년 C 씨는 생명 나무 관점에서 볼 때, 그가 겪었던 과거 상처들이 성인으로 건강하게 자라서 열매 맺는 삶을 살아가는 데 걸림돌이 된다는 것을 알 수 있습니다. 즉, 생명 나무가 잘 자랄 수 있는 토양이 건강하지 않은 것이고 실제로는 나무 자체의, 나무가 가진 정체성 자체의 문제는 아니라는 말입니다.

쉽게 말씀드리면 생명 나무는 우리의 마음입니다. 나무가 건강하게 자라기 위해서는 나무가 뿌리 내리고 있는 토양이 중요하겠지요? 토양은 우리 마음에 가득한 다양한 생각들을 자양분으로 삼고 있습니다. 그 자양분은 우리 마음의 나무가 생명력 있게 자랄 수 있는 좋은 비료가 됩니다. 그런데 이 토양이 생명을 전달하는 매체가 아니라 거꾸로 나무의 생명력을 앗아가고 병들게 할 수도 있는데, 그 원인이 대부분 원치 않는 결핍과 상처들 때문입니다.

따라서 우리 마음의 생명력을 되살리기 위해서 좋은 자양분과 함께 원치 않게 경험했던 결핍과 상처에 대한 치유와 회복의 과정이 동반되어야 할 것입니다.

병원에 있으면서 C 씨와 같은 사례를 참 많이 만나게 됩니다. 자기 주변에서는 걷는 사람보다는 뛰는 사람이 더 많아 보이고, 심지어 뛰는 사람 위에 나는 사람들도 적지 않을 거라는 비교의식이 자신의 일상에 온전히 집중하는 데 장애물이 됩니다.

오늘의 혼밥 메뉴는 뇌과학 정식

일단 안전장치로 이것저것 시도는 하지만 금방 싫증이 나거나 집중하지 못해서 성공적인 결과물이 나오지 않을 것 같은 불안함에 마음만 분주하면서 소중한 마음속 에너지가 소진되어 갑니다. 우울증이나 공황장애보다 무서운 병은 다름 아닌 나만 경쟁에서 도태되어 사람들에게서 소외되고 잊힐 것이라는 두려움으로 스스로를 옥죄이는 강박이었습니다.

---- 4장 ----

선생님, 저 다 나은 것 같아요?! 완치를 향한 전략

첫 진료에서 환자분들이 빨리 해결해주기 원하는 응급한 증상들(예를 들어 불면, 공황 발작 증상 등)에 대한 치료가 집중되었다면, 치료가 안정기[27]에 들어서기 위해서는 궁극적으로 응급한 증상들을 유발시킨 내외적 스트레스 요인에 대해 통찰과 훈습의 과정을 반복하면서 향후 재발을 방지할 수 있는 전략이 필요합니다. 이후에 완치(full recovery)를 목표로 치료를 유지하게 됩니다.

완치의 기준은 증상이 거의 사라진 상태가 6개월 이상(계절이 두 번 바

---

27) remission: 어떤 질환의 경과 과정에서 자타각적 증상 또는 검사 성적이 일시적으로 호전되거나, 또는 거의 소멸된 상태

뛰는 정도)이며 증상으로 인한 일상생활, 대인관계, 그리고 사회생활에서 별다른 어려움 없이 적응적인 생활을 영위해 나가는 상태로 보면 됩니다. 물론 이 중에서도 25%는 향후 스트레스와 신체적 질환의 정도와 유무에 따라서는 재발할 수 있습니다. 기분장애의 경우가 이러하고, 정신증의 경우는 두 번 이상 재발했을 때 완치보다는 만성질환에 준해서 수년 이상의 치료와 관리가 필요합니다.

대략의 가이드라인은 이러한데 기준을 보서서 알겠지만 완치가 쉽지 않습니다. 그래서 많은 분이 어느 정도 삶의 짐으로 받아들이기도 하고 스트레스 상황에서는 물질이나 특정 행동에 의존해서 일시적으로 불안이나 우울감을 완화시키려 하거나 사회적 가면을 좀 더 두텁게 하여 상처받지 않을 정도로만 관계를 유지하기도 합니다. 예를 들어 우리 어머니들이 흔히 겪는 '홧병'은 대표적으로 삶의 모든 짐은 내가 품고 가야지 하면서 마음의 상처를 방치하는 경우에 해당합니다. 소화되지 않은 속상한 마음들이 몸 여기저기에 상처를 내고 있는데도 적극적인 해결책을 찾지 못하는 것이지요. 그래서 치료 중반기, 관해 상태에서의 재발하지 않도록 증상 관리와 환경을 변화시키기 위한 전략이 매우 중요합니다.

전략 1
용기 내서 진짜 나와 마주하기

진실은 한 개가 아니라 두 개, 세 개가 될 수도 있습니다. 즉, 본인이 생각할 때 치료가 필요한 이유가 지하철을 못 타고 영화관에 못 들어가는 공황 증상 때문인 줄 알았습니다. 그런데 마음과 뇌건강 전문가를 통해 자신이 가지고 있는 외부적 스트레스 상황과 내적 반응들을 면밀히 살펴보면서 공황 증상은 마음의 병에서 외적으로 드러나는 열매에 불과하고 그 열매를 만들어내는 내 마음의 뿌리와 토양의 상태가 어떠한지가 더 중요함을 알아가게 됩니다. 힘들지만 자신의 내면 깊숙이 성찰의 과정을 통해 진짜 마주해야 할 진실 앞에 설 때 진정한 회복과 치유의 첫걸음이 가능해집니다.

청년 A 씨의 이야기를 다시 해보겠습니다. 첫날 시행한 전반적인 기분상태평가에서 우울감(CES: 중등도), 상태불안(STAI: 중등도), 사회적 회피 및 불안(SADS: 중증)으로 불안한 정서가 지배적으로 높게 감지되었습니다. 추가로 진행된 PDSS(공황장애에서 특이도가 높은 검사)에서도 높은 불안과 함께 신체 증상이 동반되고 있음을 알 수 있었습니다.

A 씨가 겪은 공황 증상들을 예로 들면 어느 날 버스를 타는데, 또는 과제를 발표하기 위해 청중들 앞에서 말을 하려는데, 기분 전환하려고 이케아 같은 넓은 쇼핑몰이나 어둡고 폐쇄된 극장에 방문했을 때 갑자기 심한 가슴 두근거림과 숨쉬기가 힘들 정도의 가슴 답답함, 등골이 오싹하면서 식은땀이 흘러내리기 시작합니다. 그러다가 눈앞이 깜깜해지면서 앞이 잘 안 보이게 됩니다.

버스 안에서 죽을 것 같은 공포감이 엄습해 오면서 결국 기사님을 간절하게 부를 수밖에 없는 상황에 이릅니다. '기사님, 저 죽을 것 같은데 제발 문 좀 열어주세요' 세상을 향한 오늘 하루의 출발은 이렇게 다시

제자리로 돌아가야 할 처지에 놓입니다. 하루를 망쳤다고 청년의 삶 전체를 포기할 수 없습니다. 이번 기회에 숨이 막히도록 팍팍했던 삶을 다시금 돌아보고 그 짐을 가벼이 해야 한다는 절박함에 좀 더 귀를 기울이게 되었습니다.

지각된 스트레스 검사에서는 소위 '장맛비'와 같이 끊임없는 스트레스 상황에 놓여있었고 스트레스 대처 검사에서 A 씨의 스트레스 우산은 머리 이외에도 온몸이 비에 젖고 있는 형국입니다. 이러지도 저러지도 못하는 상황이지요. 공부도 안 되고 기분 전환을 위해 어디 나가려고 했는데 갑작스러운 신체 발작(공황)으로 진퇴양난입니다. 자꾸 눈물이 나고 어디를 가도 나를 반겨주는 사람이 없는 것 같습니다. 다들 힘내라고 하는데 무기력합니다. 자존감이 바닥입니다. 자존감은 로또 같은 기적적인 이벤트로 채워지는 것이 아니라 일상의 만족감과 소소한 행복이 차곡차곡 쌓여서 만들어내는 것입니다. 그런데 일상에서 만족과 행복을 찾을 만한 여지가 점점 줄어들다 보니 낮은 자존감에서 뭔가를 자신 있게 추진할 용기가 나지 않습니다. 지금 청년의 시기에 실수하고 실패도 해보고 하면서 배우는 것이 오히려 자연스러운 일임에도 몸이 말을 듣지 않습니다.

문장완성검사와 이어지는 면담을 통해 A 씨는 자신의 '결핍'을 발견하게 됩니다. 하루의 많은 시간을 자는 데 소비하고 있습니다. 자꾸 누워있는 시간이 늘어나면서 수면의 양에 비해 수면의 질은 오히려 떨어집니다. 게다가 코로나로 인해 비대면 수업이 많아지면서 자연스럽게 늦게 자고 늦게 일어나는 패턴으로 바뀌면서 밤과 낮이 바뀌게 됩니다.

결핍과 상처는 나의 마음 배터리가 방전되기 시작하면서 점차 그 모습을 선명하게 드러내기 시작합니다. A 씨는 살아오면서 어떤 결핍을 경험했을까요? 사람의 글을 보면 그 사람의 마음을 들여다볼 수 있습니다. 글을 쓰다 보면 개인적 일기를 쓰듯이 마음에 떠오르는 대로 쓰는 과정에서 보통은 자신의 잘난 점을 드러내거나 자랑하려고 하기보다는 자연스럽게 자신의 속마음, 특히 누구에게도 말하기 힘든 자신의 어두운 모습이나 싫은 감정 등을 쓰게 됩니다. 대인관계, 자신의 비전, 과거 성장 과정이 글을 통해서 드러나는 것이지요.

A 씨가 '아버지' 하면 생각나는 것은 '완벽함'입니다. 대학 교수로서 살아오면서 한 번도 실패를 경험하신 적이 없습니다. 아버지가 어릴 때부터 친구들조차도 선망의 대상이었고 아버지는 무엇을 하든 일단 칭찬부터 받았고 잘못을 하더라도 혼나는 일이 없었다고 합니다.

"아빠가 저를 안아 주신 기억도 없습니다. 육아와 집안일은 모두 엄마 담당이었고 아빠는 집에서 신문을 보거나 소파에 앉아 TV를 보는 것이 전부였습니다. 자신만의 시간과 공간이 중요했고 방해받기 싫었기에 저는 어릴 때부터 소리 내서 울었던 경험이 별로 없습니다. 집안은 그냥 조용해야 했습니다."

A 씨가 경험한 결핍은 아버지의 무관심이었습니다. 어린 시절은 아

빠의 눈에 띄지 않는 평범하고 작은 아이에 불과했고 아버지가 누렸던 탁월함과 명예로운 위상에 비해 하루하루 살아내기에 급급한 A 씨의 일상은 한순간도 아버지의 관심을 끌 수가 없었습니다.

어머니는 엄마로서는 좋은 사람이었습니다. 그러나 엄마와 친하기 보다 아빠라는 존엄을 지켜내기 위해 서로 동맹의 관계로 빈틈을 메꾸어야 했습니다. 어머니를 통해 무조건적인 사랑을 경험하기보다 회사로 치면 말단인 나보다 훨씬 더 눈치 보고 쉼없이 일해야 하는 사수의 애틋한 뒷모습만이 보입니다. 무조건적인 사랑을 흡수하고 싶은데 차가운 뒷모습만 급히 따라가는 느낌입니다.

A 씨 회복의 시작점은 치료 현장에서 자신을 드러내는 것부터 시작되었습니다. 용기 내어 부정적인 자의식에서 벗어나기 위한 다양한 회복프로그램을 경험해 보기로 합니다. 회복프로그램은 거창한 이벤트가 아니라 일상에서 실천할 수 있는 작은 도전으로 이루어집니다. 그리고 무엇보다 중요한 변화는 '더불어 함께'의 소중함을 깨달은 것입니다. 회복프로그램은 혼자서가 아니라 서로 이끌어주고 기꺼이 따라가는 건강한 공동체 안에서 온전히 작동하게 된다는 사실을 알게 된 이후로 누구보다 열심히 모임에 참여하고 있습니다. 시간이 걸리더라도 바른 길 위에 서 있다면 그렇게 조급할 필요가 없습니다. 조급함이 정신건강의 적임을 꼭 기억한다면 말이죠.

전략 2
이불 박차고 나오기

뇌는 우리의 몸과 마음이 다같이 건강한 상태를 유지할 때 원래의 기능을 제대로 발휘할 수 있습니다. 당장 눈앞에 일이 급하고 내일 시험과 면접이 내 모든 삶의 중심을 차지해 버리는 청년들을 자주 만나게 됩니다. 그러면 자칫 치료의 중심축이 이러한 급한 불을 끄는 데에만 급급해서 뇌를 자극하는 약물이나 뇌의 스위치를 꺼서 불면과 불안을 잠재우는 쪽으로 잘못 흘러가기도 합니다.

요즘 관심을 많이 끌고 있는 운동을 예로 들어보겠습니다. PT, 필라테스, 요가 등이 있는데요, 이들 운동을 시작하면서 누리게 되는 가장 큰 유익은 운동을 통해 내 몸의 상태 점검, 더 구체적으로는 통증이 어디에서 가장 심하게 나타나는지를 알아내는 데 있습니다. 즐거움을 주는 쾌감은 누구에게나 거부감이 없고 항상 누리기를 원하는 감정입니다. 그러나 통증(심리적 통증을 포함하여)은 되도록 느끼지 않으려고 피하는 경우가 대부분입니다. 각종 진통제와 술에 의존하는 경우가 대표적입니다. 그런데 통증을 숨기고 가리며 살아가다 보면 정작 통증이라는 신호를 통해 치료가 필요한 신체 질환을 놓치게 되고 종국에는 예전의 건강한 상태로 돌아가지 못할 수도 있습니다. 그러므로 운동을 시작함으로 몸의 상태를 안전하게 점검하는 것은 마음을 담고 있는 그릇인 뇌와 신체의 건강 상태를 최적의 상태로 만드는 출발점이 됩니다. 특정 운동을 선택하기에 쉽지 않은 상황이라면 산책로를 걸으면서 햇빛과 신선한 공기 누리기 혹은 심호흡으로 뇌와 신체 전반에 긴장을 떨어트리고 충전할 수 있는 컨디션으로 유지시키는 일상의 훈련도 매우 효과적인 마음 건강 지킴이가 되어줍니다.

앞서 소개한 B 씨는 이불을 박차고 나온 대표적인 사례입니다. 모두가 '어렵다, 어렵다' 하는 은둔형 외톨이였습니다. 여기서 은둔형 외톨이라 함은 비자발적으로(취업 준비 중이거나 휴학, 사별로 인한 독거 상태 등) 혼자 있는 상태를 의미하기 보다는 자발적으로 자신의 삶의 모습을 혼자 있기로 단정 지은 상태, 즉 외부와의 교류와 소통을 끊은 상태를 의미합니다.

심한 은둔형 외톨이는 외적으로 볼 때 집 밖을 나가지 않는 기간이 길어지는 것과 함께 소통을 위한 의지와 현실에서 일어나는 감각 자극이나 정보에 대해서 매우 둔감해진 상태입니다. 정서적 둔마, 깊은 우울감, 현실검증능력저하, 심한 사회적 위축은 흡사 조현병(정신증), 특히 음성형 정신증의 형태와 매우 유사합니다.

B 씨의 아버지는 가정 폭력이 심했습니다. 가끔 술을 드시고 집안 물건을 부서뜨리고 하는 것은 그나마 술에 취해서 그렇다고 치더라고 상습적으로 엄마를 비하하고 모든 잘못을 어머니의 탓으로 돌리는 언어폭력은 고스란히 B 씨의 어린 시절, 여린 마음속으로 여과 없이 스며들면서 여기저기 상처를 남기게 됩니다.

어머니 또한 반복되는 가정 폭력으로 인해 삶 속에 가득한 우울감과 함께 무기력한 일상을 보내다 보니 아이의 필요를 그때그때 채워줄 수 없었고, 사회적 가면을 유지할 만한 에너지도 부족하여 사회적 역할, 엄마로서 자리를 지키는 것 등의 기본적인 역할 수행조차 어려운 상황이 되었습니다. 어머니의 시선이 멍한 상태로 아이와 눈을 맞추지 못함으로 인해 아이는 아버지로부터 받은 정서적 트라우마에 더해서 어머니의 품속에서 친밀감을 느끼지 못함으로 애정결핍은 삶의 기본기, 즉 가장 안정감을 느껴야 하는 가정과 집을 오히려 위험한 곳으로 잘못 받아들이게 되었습니다.

초등학교에 들어가면서 친구들이 내 삶의 구세주가 되어줄 것으로 기대했는데 이 또한 쉽지 않았습니다. 친구들이 자기 집에서 놀자, 너희 집에서 놀자고 하는데 도무지 집이라는 공간이 너무 무섭고 아픈 기억만 떠올리게 하는 곳이다 보니 그렇게 원했던 친구들과 함께 노는 시간조차도 불안과 두려움이 유발되는 아이러니한 날들이 반복되었습니다.

근원적 안정감(basic security)의 붕괴, 또래 관계에서 자아효능감 고취 실패, 충분치 않은 영양 섭취로 인해서 잔병치레를 많이 하게 되는 상황 등 누군가에게 손을 내밀고 싶지만, 누구도 그 손을 잡아주지 않는 것 같습니다.

B 씨의 스트레스대처검사를 통해 스트레스 우산을 그려보니 모든 지표가 위축되어 있었습니다. 큰 다이아몬드형의 우산을 펴들고서 온갖 세상의 비바람을 거뜬히 막아낼 수 있어야 하는데 B씨의 우산은 아주 작았습니다. 우산을 편다는 것도 에너지가 필요하고 적시에 대응해

야 하는 현실감이 있어야 가능한 것인데 세상과 소통하는 것이 곧 아픔이고 소외의 경험으로 얼룩져 있다 보니 전두엽이 대단히 위축되어 있었습니다. 현실검증능력이 현저히 떨어진 모습이었습니다.

스트레스가 비처럼 내리는데 몸은 계속 젖어가고 마음도 무거워집니다. 비를 맞지 않고 뽀송뽀송한 느낌, 스트레스 가득한 세상에서 나의 우산이 되어줄 꿈과 소망, 나의 사랑하는 사람들의 칭찬과 지지, 눈치 안 보고 푹 쉴 수 있는 시간과 장소가 정말 중요하다고 생각합니다.

늘 강조하지만, 정서적 에너지를 충전하는 전략이 우선되어야 합니다. 그래야 스트레스 우산을 좀 더 힘 있게 펼 수 있고 비를 맞지 않고 사는 삶이 얼마나 뽀송뽀송하고 가벼운 느낌인지를 스스로 느껴야 하는 것입니다.

B 씨에게는 에너지를 충전하는 방법으로 좀 색다른 전략이 필요합니다. 바로 운동입니다. 무슨 그리 쉬운 처방이 있겠냐고 할 수 있지만, 자신의 효능감을 다시 회복하기 위한 가장 기초적인 스텝이 바로 스스로의 몸을 통해 자신의 존재감, 살아있다는 현실감을 느끼는 것에서 시작됩니다. 현실검증력이 떨어지는 정신증 환자의 경우 과도한 인지적 접근이나 정신분석적 접근은 오히려 현실과 도피처인 망상적 세상을 구분하기 힘들게 만들 수 있습니다.

자신의 몸을 움직이는 첫 단계는 걷기입니다. 부족한 에너지를 채우기 위한 방법으로 '자연적 보상'을 통한 회복의 전략이 필요합니다. 예를 들어 불안 강박 환자에게 부족한 에너지로 열정과 결단력의 표상인 '빨간색 컬러'를 들 수 있습니다. 뭔가를 결정해야 해야 하는 압박감이 싫었고 또한 결정에 따른 책임을 져야 한다는 부담과 부정적 평가에 대한 두려움으로 빨간색이 주는 정열과 추진력은 자신에게는 오히려 독이 될 수 있다고 느낀 것입니다. 이 청년에게 빨간색이 가진 긍정적 에너지를 잘 받아들이게 하려면 먼저 안전한 거리감을 유지한 뒤에 이 색감을 통해 자연스럽게 부어지는 에너지를 조금씩 누리는 것이 중요합니다.

요즘 B 씨는 함께하는 운동모임에서 진행하는 8주 챌린지 프로그램에 참여하고 있습니다. 억지로 하는 운동모임이 아니라, 각자 자신이 목표로 하는 운동의 종류와 횟수를 정하고 8주 전후에 건강검진까지 받아서 운동 전후의 효과를 직접 몸으로 체감할 수 있는 프로그램입니다.

물론 성과를 내면 성취감도 있고 기분도 좋겠지만 혹시 해당 회차의 챌린지에서 소기의 성과를 올리지 못하더라도 문제될 것은 없습니다. 여러 사정으로 성과를 올리지 못해도 다음 기회가 다시 있고, 참여하는 회원들 또한 서로 경쟁하는 관계가 아니므로 언제나 서로 지지하고 응원하는 일에 한마음이기 때문입니다. B 씨는 이번 챌린지를 통해서 기대했던 운동의 효과를 온전히 누림과 동시에 은둔했을 때 경험하지 못했던 자연이 주는 에너지를 덤으로 누리는 기쁨을 누릴 수 있었습니다. 앞으로 B 씨는 운동을 디딤돌 삼아 또 다른 한걸음을 힘차게 내디딜 수 있을 것으로 기대됩니다.

전략 3
더 이상 혼술, 혼밥은 안 돼!

이미 많이 지친 우리 청년들의 마음을 살리는 최고의 치료제는 의사보다 'You: 당신'입니다. 나의 당신을 찾으셔야 합니다. 내가 알고 지내는 가족, 친구, 공동체 가운데 소수지만 나의 '거울 뉴런'을 폭발적으로 활성화 시켜줄 '당신'들이 분명히 있습니다.

나의 '당신'은 내가 다 볼 수 없는 내 모습, 나의 강점, 나의 필요까지 살펴주는 이들이며 그들과 눈을 맞추고 서로를 바라볼 때 나의 뇌 속에서는 혼자 있을 때는 작동하지 않던 거울신경회로가 활성화됩니다.

거울신경은 원숭이 연구에서도 발견되었지만, 사람에서 훨씬 정교하고 광범위하게 자리 잡고 있습니다. 덕분에 '당신'의 행동을 보고만 있어도 마치 자신이 그 행동을 하는 것처럼 관련 부위의 뇌신경세포가 작동하게 됩니다. 무엇보다 내 삶을 살려줄 것으로 기대되는 '당신'에게는 거울뉴론이 더욱 폭발적으로 반응합니다. 감각, 운동, 정서, 인지 영역까지 그 '당신'의 말소리, 표정, 마음속 생각까지도 다 나의 것으로 소화시킬 수 있는 진정한 공감대를 형성시켜주는 기적의 세포들입니다.

C 씨는 불안우울척도에서 주관적으로 인지하는 우울감은 중등도로 유지되고 사회적 회피와 강박 성향은 매우 높게 나왔습니다. 특히 강박척도에서 충동적인 척도에 해당하는 불안과 우울의 수치가 높았는데, 이것은 불안과 강박으로 인해서 내적 불안과 긴장을 높은 수준으로 유지함으로 스스로를 매우 다그치고 조급한 마음 상태가 지속되고

있음을 나타냅니다. 일상에서는 물건을 정리하거나 일을 할 때 특정 순서에 집착하거나 정작 집중해야 하고 마쳐야 할 일은 늘 제시간에 못 끝내는 경우가 많았습니다.

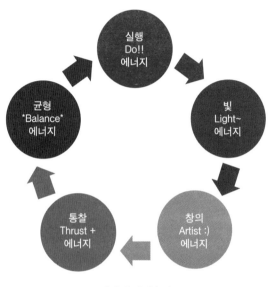

컬러별 성격유형

C 씨가 진짜 원하는 삶은 성격유형검사상에서 '브라운 컬러'성향에 가까웠습니다. 노란 컬러는 빛의 에너지가 많은 사람과 어울립니다. 원래 긍정적인 마음이 크고 항상심을 가지고 늘 새로운 변화를 추구하며 희망과 기대를 가득 품고 있는 사람들이 여기에 속합니다. 적절한 스트레스 대처를 통해 청년의 마음에 있는 원하는 바가 잘 이루어진다면 다음과 같은 밝은 에너지들이 자연스럽게 발현될 수 있습니다.

오늘의 혼밥 메뉴는 뇌과학 정식

그러나 스트레스에 매몰되어 자신이 원하는 바는 억압한 채로 살다 보면 하루의 많은 시간을 조용히 있다가도 한 번씩 감정적으로 폭발하면 스스로 통제되지 않고 이후로 감정이 회복되는 데 시간이 오래 걸립니다. 삶의 의무와 책임, 막연한 불안을 해소하기 위해 문제 중심적 삶에 빠져드는 순간 불안정한 수레바퀴 속에 갇히게 되는 것이지요.

문장완성검사를 통해서 C 씨는 훌륭한 사람이 좋다고 표현했습니다. C 씨가 친해지고 가까워지고 싶은 대상은 통찰의 에너지가 많은 분으로 생각됩니다. 지성을 바탕으로 한 사고력을 가지고 집중력을 높여서 자기 성찰과 함께 성실한 노력으로 신의를 높이는 부류에 해당합니다. 컬러성격유형검사에서는 '회색 컬러' 성향에 해당합니다. 이들이 가지고 있는 내적 에너지의 특성은 안정적이고 신뢰감이 있고 인내심과 의지가 강합니다. 정신과적 면담과 분석적 정신 치료의 목표는 자신의 역량을 살려낼 수 있는 삶의 재료들을 찾고 방향을 설정하는 것입니다. 함께 회복의 길을 도모하는 것입니다.

영화 〈모가디슈〉에서 남북의 대사 부인끼리 서로 같은 밥상에서 마주 앉는 장면이 기억에 남습니다. 어색하게 밥을 먹다가 한 사람이 깻잎 반찬을 집으려고 할 때 그 모습을 본 상대편 진영의 사람이 아주 자연스럽게 젓가락을 들어서 상대방이 깻잎을 잘 떼어서 먹을 수 있도록 도와주는 모습을 보며 순간 무릎을 딱 치면서 '거울신경이 활성화되었구나!' 생각했습니다.

단, 여기서 '당신'과 함께 거울뉴런이 활성화되는 공동체가 견고하게 세워지기 위한 전제조건은 나만의 시간과 공간을 통해 온전한 충전이 일어나는 경험이 반드시 선행되어야 합니다. 그 시간대가 각자 취향에 따라 아침이나 저녁 시간일 수도 있고, 그 공간이 조용한 벤치나 나만의 골방일 수도 있습니다. 그러나 이 또한 '당신'의 관심과 지지 속에서 안정적으로 유지될 수 있기에 우리는 어쩌면 뿌리와 뿌리가 서로 연결된 생명공동체이며 그 연결됨으로 어떤 스트레스 상황에서도 쉽게 넘어지지 않고 서로를 지켜내는 마음 우산이 되어줄 것으로 확신합니다.

C 씨의 최근 근황을 알려드릴게요. C 씨는 진료를 받은 지 거의 1년이 지난 시점에서 치료를 종료했습니다. 모든 문제가 해결된 것은 아니지만, '나다움'을 찾아가는 여정을 통해 우여곡절이 있었지만, 인생의 산을 오르는 길이 고속도로만 있을 수 없다는 것을 알게 되면서 자신을 무겁게 억누르던 강박적 실타래에서 실마리를 찾아가는 모습이었습니다.

처음에는 강박적 불안과 이로 인한 무기력과 수면장애 증상에 대해 약물치료가 필요했지만, 자신의 성격적 성향을 잘 이해하고 과거 상처로 인한 억압된 내면의 욕구(내면 아이의 칭얼거림)를 인정해주고 부족한 에너지를 충전할 수 있는 스트레스 전략을 세워가면서 필요시에 먹는 비상약 외에는 약을 모두 끊을 수 있었습니다. 현재는 혹시 몰라서 비상시 약을 소지하고 있지만 최근 수 개월간 사용한 적은 없다고 합니다. 무엇보다도 'ADHD가 아닐까'라는 불안감은 검사와 면담을 진행하면서 일찌감치 내려놓을 수 있었고 최종적으로 ADHD 약물을 사용하지 않아도 주의력과 집중의 어려움을 극복할 수 있었던 것이 감사한 경험이었습니다.

혹시 다시 힘들어지면 주저하지 않고 다시 내원하기로 했습니다. 우리의 삶이 전쟁 같아서 끊임없는 전투가 벌어지지만, 전투에서 꼭 다이기려고 하지 말고 힘들고 고민되는 상황이 되면 언제든 다시 찾을 수 있는 곳이 정신과였으면 좋겠다고 조언해 주었습니다.

현재 C 씨는 본인의 의지로 다양한 프로그램과 모임에 참여하고 있습니다. 사회적 공간에서의 만남과 소통이 익숙하지 않고 오히려 적응상의 어려움이 당분간 지속되겠지만 그래도 요즘은 인상을 찌푸리는 날보다는 웃는 날이 많아졌습니다. 사회적 경험의 출발점을 해야 할 일들로 가득 채우기보다는 적어도 자신이 원하고 바라는 길에 서서 걸어가고 있기에 앞으로 더 이상 후회하는 일은 없을 것이기 때문입니다.

5장

방전 vs. 충전

청년 A, B, C의 상황을 종합해볼 때 어떤 치료적 도움과 실천 가능한 전략들이 필요할까요? 검사 결과에 따라 치료계획을 수립하게 되는데, 그전에 환자분들이 다양한 질문을 받게 됩니다. 그중에 정신과 약물에 대한 비중이 가장 높습니다. 그래서 먼저 약물치료에 대한 궁금증부터 풀어보도록 보겠습니다.

사람들이 혈압약, 당뇨약을 처방받을 때는 약이 무슨 작용을 하는지 물어보는 경우가 많지 않습니다. 당연한 말이겠지만 혈압을 떨어뜨리고 혈당을 떨어뜨리기 위해서 치료제로 약을 복용하는 것은 매우 자연스럽게 받아들이기 때문입니다. 그러나 정신의학과 진료를 받으시는 분들 대부분, 특히 청년들은 자신이 복용하는 정신과 약에 대해서 구체적으로 알고 싶어 하고 실제로 어떤 작용을 하는지 많이들 궁금해하십니다. 좋게 생각하면 자신이 치료받는 약에 대해서 잘 알고 싶은 마음과 좀 더 적극적으로 치료과정에 참여하는 것으로 이해할 수 있지만, 부정적인 시각들도 살펴보면 정신과에 대한 편견과 불신(이를테면 정신과 약 먹으면 중독되고 의존이 심하다, 정신과 약 먹으면 바보된다 등)이 사회 전반적으로 팽배하고 보수적 관점에서 약은 먹으면 안 된다는 정서적 불편감도 내포되어 있습니다.

이를 극복하기 위해서 저의 경우, 환자분이 먼저 약물치료에 대해 물어보지 않아도 약에 대한 설명과 함께 뇌과학적 지식을 바탕으로 뇌 그림을 보여주면서 뇌가 어떻게 생겼는지, 뇌내 각 영역이 어떤 일을 하는지, 그리고 실제로 기분과 생각에 관여하는 호르몬의 기능을 이해하기 쉽게 설명해 드립니다. 여기서는 마음 건강을 온전하게 회복하기 위한 약물치료의 원칙 몇 가지를 알려드리도록 하겠습니다.

약물
치료

약물치료의 전제조건은 치료에 적응하고 반응하는 기간으로 최소 2~3주가 필요하다는 것이 핵심입니다. 감기약이나 소염진통제와는 작용기전이 완전히 다르기 때문입니다. 1부와 2부에서 말씀드린 대로 정신의학적 관점에서 치료가 필요한 증상들(수면, 불안, 악몽 등)은 일시적인 현상이 아니라 어쩌면 어릴 때부터 청년이 될 때까지 서서히 형성되고 만들어진 결과물일 수 있습니다. 따라서 하루아침에 해결할 수 있는 만병통치약이 존재할 수가 없지요.

그럼에도 적지 않은 환자분들이(그들의 심정 또한 이해가 되지만) 초진 접수하는 날 다짜고짜 잠만 좀 자게 해달라, 발표할 때 두근거리는 증상만 줄이는 안정제(콕 집어서 '**약을 달라')만 찾는 경우가 많은데 운 좋게 한 두 봉지의 약으로 어느 정도 효과가 나타날 수는 있지만, 문제는 증상 발현의 근원이 되는 뇌의 기능적 구조적 문제가 온전히 회복되지는 않았기에 항불안제 계열의 약만 고집하다가 결국 내성으로 인해 역으로 효과가 떨어지거나 혹은 다 나은 것 같아서 약을 임의로 끊으면서 바로 재발하는 경우가 안타깝게도 적지 않습니다. 다행히 요즘은 점점 더 많은 청년이 자신의 증상에 대해서 어떤 종류의 약을 어떤 방식으로, 얼마의 기간 동안 처방받아야 하는지 설명을 듣고 이해한 후에는 치료과정에 꾸준히 참여하고 있습니다.

약물치료를 시작할 때, 약이 감당해야 할 역할을 3가지 정도로 요약할 수 있습니다.

첫째는 스트레스 호르몬 분비로 소진된 뇌세포를 보호하는 역할이 필요합니다. 약 처방은 환자의 상태에 따라서 단일요법 혹은 복합요법으로 한 가지 혹은 여러 가지 약물을 사용할 수 있습니다. 이들 약의 세부적인 작용기전은 서로 다를 수 있지만 기본적으로 중추신경계의 안정을 도모하게 됩니다. 이를 위해서 중추신경계의 긴장도를 높이고 있는 스트레스 호르몬의 분비량과 활성도를 떨어트리는 것이 매우 중요하며 초기 처방약물들이 이러한 역할을 수행하게 됩니다.

오늘의 혼밥 메뉴는 뇌과학 정식

스트레스 호르몬은 주로 노르에피네프린이 차지하고 있고 이러한 물질이 분비되는 신호는 외부의 감각입력(sensory input)에서 시작되는데, 외부 자극요인들을 환경적으로 최대한 줄이거나 거리를 두는 것이 먼저이지만 그럼에도 어쩔 수 없는 자극에 의해서 교감신경계가 활성화되면 스트레스 호르몬이 분비될 수밖에 없습니다.

이때 약물은 거푸집 같은 역할을 수행합니다. 이 시점에서 약물의 효능은 소위 '거푸집' 같은 역할을 수행하는 것으로 시작됩니다. 지속적인 스트레스 호르몬에 노출되어 신경세포들의 수많이 상처가 나 있는 상태에서 세포들의 긴장을 완화하고 회복에 집중할 수 있도록 보호막 역할을 하는 것입니다.

이와 반대로 알콜, 니코틴, 카페인 같은 경우는 거푸집 개념의 뇌신경세포 보호 효과와는 달리 뇌세포 안으로 신속히 침투하여 세포로 하여금 빠른 속도로 특정 물질을 분비하거나 신경세포들이 특정 물질에만 반응하도록 유도하는 일명 '인위적 보상'을 극대화하기 위해서 신경세포들에 채찍질과 같은 자극 효과에 집중하게 합니다. 결국 특정 효과만을 위해 짧은 시간 내로 신경세포들을 수건 짜내듯이 몰아세우다 보니 중추신경계 전체가 빠른 속도로 지쳐버리게 됩니다. 그래서 중장기적이고 안정적인 치료 효과와는 대치되는 상황이 되는데요, 그래서 치료 초기에는 오히려 즉각적인 효과보다는 상처받고 지친 신경세포를 조심스럽게 감싸줄 수 있는 치료적 배려와 회복을 위한 출발점을 인위적인 보상이 아닌 자연적인 치유와 회복을 돕는 길로 방향성을 잡아주는 것이 더 중요함을 잊지 말아야 합니다. 치료의 목표는 증상 호전에 그치지 않고 재발하지 않는 건강한 상태를 잘 유지하는 것에 초점이 맞추어져야 합니다.

둘째는 신경세포로부터 분비되는 뇌호르몬의 작용을 잘 유지되도록 합니다. 거푸집 효과로 뇌세포를 잘 보호하는 가운데 약물이 가지고 있는 세부적인 기능을 발휘하기 시작합니다. 우울증 치료제의 경우 세로토닌과 도파민의 분비와 활성을 돕게 됩니다. 복용하는 약물 자체가 세로토닌이나 도파민 같은 호르몬이 아니고 뇌신경세포들이 각자 위치한 영역에서 뇌호르몬을 안정적으로 분비하고, 분비되고 소멸되는 과정에서 가장 최선의 기능을 할 수 있도록 옆에서 돕는 역할을 수행합니다.

우울증에서는 세로토닌의 분비와 활성도가 떨어지는데, 이를 원래의 상태로 돌이키기 위해 약물치료가 필요합니다. 대표적인 우울증 치료제는 SSRI(Selective Serotonin Reuptake Inhibitor)가 있는데 선택적으로 세로토닌이 재흡수(사멸)되는 것을 억제하는 약물입니다. 치료제가 관여하는 뇌내 호르몬인 세로토닌에 관해서는 앞선 2부에서 설명한 바와 같이, 사람의 감정, 식욕, 수면 등을 안정적으로 조절하는 데 핵심적인 역할을 수행합니다.

그래서 약물치료를 통해서 안정적으로 세로토닌의 활성이 유지되는 것이 중요하며 약물치료의 효과를 보기 위해서는 최소한 2~3주의 적응 기간이 필요합니다. 이에 더하여 뇌내 신경전달물질의 활성을 예전의 건강한 상태로 회복하는 데는 사람마다 차이가 있지만, 최소 3~6개월 정도의 기간을 기다려야 합니다. 힘든 시기를 지나고 있는 청년들에게 치료과정이 일시적 이벤트처럼 잠시 좋았다가 사라지는 소위 '여의도 불꽃놀이' 같아서는 안 되기 때문입니다.

약을 먹는 행위조차도 이전에 하지 않았던 치료적 행위이며 자신의 마음을 열어 치료적 처치를 받아들이는 것이므로 치료가 일상의 좋은 루틴으로 자리 잡는 것이 중요합니다. 이 기간에 어느 정도 예전과는 확실히 다른 느낌으로 우울감이 줄어들면서 회복된 느낌을 가질 수 있습니다. 일반적으로 이 순간에 환자분들이 방심할 수 있습니다. 이 정도 좋아지면 약을 끊어도 좋겠다는 생각을 하거나 혹은 약에만 의존하고 상담 치료를 소홀히 하는 경우가 적지 않습니다.

이때 중요한 것은 약이 아무리 효과적이고 실제로 다 나은 것 같다고 하더라도 전체 치료에서 차지하는 비중을 50% 이상 잡지 않는 것입니다. 왜냐하면 뇌내 회복탄력성을 회복시키는 생물학적 치료로 약이 필요한 것은 맞지만, 약물치료와 함께 궁극적인 회복의 토대가 되는 비약물적 치료가 반드시 병행되어야 하기 때문입니다.

비약물적 치료는 추가적인 스트레스에 노출되지 않으면서 청년들이 다루어야 할 스트레스에 대해 적절히 대처할 수 있는 일상에서의 행동 전략이 필요하고 이것은 되도록 약물치료와 함께 혹은 약물치료 전부터 시작되어야 할 수도 있습니다. 그와 동시에 스트레스에 대한 민감도를 떨어뜨릴 수 있는 비약물적인 스트레스 대처전략을 수립하는 것으로 나머지 50% 치료영역을 메꿀 수 있다면 좋겠습니다.

셋째는 자율신경기능의 부조화 상태를 원래의 균형 잡힌 상태로 회복시켜 줍니다. 지속적인 스트레스와 만성피로에 갇혀있는 청년들의 뇌 상태는 한마디로 '과부하'입니다. 뇌가 과부하 상태에 빠지면 자율신경계 조절 기능이 현저히 떨어지게 됩니다.

자율신경계는 중추신경계와 우리 몸의 각 기관을 구석구석 연결해 주는 신경다발이며 자율신경계의 센터가 생명뇌에 위치하는데 여기서 심장박동, 폐호흡 운동, 위장관 운동, 비뇨생식기계의 반응 등 하루 24시간 쉼 없이 우리의 몸을 가장 최적의 상태로 유지하고 있습니다.

그런데 생명뇌가 과부하로 인해 자율신경계 조절 능력이 저하되면 평소에 자연스럽게 이루어지던 숨을 쉬고 심장이 뛰고 소화가 이루어지는 과정들이 불편하게 느껴지기 시작합니다. 심장이 두근거리는 것이 느껴지고, 숨 쉬는 것이 답답하고 심하면 어지러움을 느낄 수 있으며, 소화가 되지 않고 더부룩하거나 속쓰림을 경험할 수도 있습니다. 자율신경계의 부조화로 특정 신경계, 교감신경이 과도하게 항진되면 일어날 수 있는 현상이며 또 반대로 우울감이 지속될 경우 적절히 긴장하고 집중해야 할 상황에서 교감신경이 활성화되지 못해서 무기력해지거나 무감동한 상태로 빠질 수도 있습니다.

이때 자율신경계를 안정화시키는 약을 함께 처방하게 되며, 과도하거나 원치 않은 신체 반응으로 인한 불편감을 완화시키거나 예방하는 데 효과가 있습니다. 이는 교감, 부교감신경의 활성도가 서로 균형을 이룰 수 있도록 돕는 치료로 생각하면 됩니다. 부수적으로 수면의 유지, 기억력 증진, 식욕 회복 등도 기대할 수 있는 약물 치료 효과에 포함됩니다.

지지적
면담

공황은 뇌가 받는 과부하가 눈에 보이지 않아서 표정 관리하느라 별 문제 없는 것이라고 생각하다가 자신도 자신이 쓰고 있는 사회적 가면에 속아 넘어간 상태에서 그냥 버티다가 과부하로 인한 자율 신경 조절 기능의 부조화 상태로 인한 갖가지 신체 이상 반응으로 정의할 수 있습니다. 그렇다면 뇌가 받는 과부하가 원인인데 이는 앞서 밝힌 대로 사회적 의무감 때문입니다. 지지적 면담의 출발점으로 먼저 어깨를 짓누르는 각가지 의무감에 대해 살펴보게 됩니다. 공부를 못해서, 할 일을 안 해서, 알바를 안 해서가 아니라 실제와 상관없이 예기 불안, 미리 걱정하는 부담감 등이 문제입니다. 열심히 사는데도 항상 뭔가가 부족한 것 같습니다. 아니 그 정도로는 턱없이 부족하다고 다들 얘기해 주는 것도 사실입니다. 그래서 진정 의무감에서 자유로워지고 싶습니다. '괜찮아 내가 너의 힘듦을 이해하기 위해 너의 얘기에 귀 기울여 줄게'라고 말해주는 '지지그룹'이 필요한 것입니다.

나를 지지해 주는 사람들과의 관계가 회복되고 꾸준히 이어지게 되면 정작 내가 원하는 꿈, 내가 원하는 바, 소망을 추구하는 삶에 다시 집중할 수 있게 됩니다. 한마디로 삶의 질을 높이는 삶의 여유를 찾는 것이지요.

사회적 의무라는 삶의 무게감, 스트레스들이 나를 휘감고 있는 상황에서는 문제 중심적 삶에 집중할 수밖에 없습니다. 숲이 아닌 나무만 보는 삶이지요. 저 나무를 뽑기만 하면, 저 나무를 베어버리면 내 삶의 걸림돌이 다 없어질 것이라는 막연한 기대감으로 그리스신화의 아틀라스처럼 오히려 삶의 짐을 끊임없이 지고 가면서 삶을 바라보는 시야가 손전등으로 한 점에 비추는 것처럼 좁아지게 됩니다.

　지지받는 삶을 조금씩 회복하게 되면 거인의 어깨 위에서 더 넓은 세상을 보는 것처럼 시야가 넓어져서 눈앞에 급한 일에 내 삶의 에너지를 소진하고 다 써버리는 것이 아니라 에너지를 오히려 조금씩 충전하면서, 그리고 다양한 스트레스가 유발하는 소음을 노이즈캔슬링하면서 내가 집중해야 할 시그널, 삶의 목표에 다시 집중할 수 있게 됩니다. 그래서 문장완성검사를 통해 지지적 관계를 추구하는 삶과 소망을 추구하는 삶을 회복하기 위한 근거들을, 내가 살아온 여정 가운데에서 조금은 잊힌 기억들을 다시 되살리는 것입니다. 이렇듯 문장완성검사를 통한 쓰기 검사는 매우 유익한 점들이 많이 있습니다.

인지행동
치료

　공황 증상은 자율신경부조화로 인한 과도한 신체 증상이며 대부분 20분 이내에 증상이 해소됩니다. 그러나 그 20분 동안 숨이 막혀서, 심장이 너무 두근거려서, 어지러워서 의식을 잃거나 쓰러질 것 같은 불안감이 죽을 수도 있다는 공포감을 부추깁니다.

　문제는 이러한 증상이 반복될 경우 감정을 넘어 사고영역, 즉 인지적 왜곡이 발생하게 됩니다. 놀이공원에 가면 커다란 오목거울이나 볼록거울 앞에 아이들이 신나게 자신의 모습을 비추어 보면서 재밌게 노는 것을 볼 수 있습니다. 오목거울이나 볼록거울은 신체의 특정 부위를 과도하게 크거나 작게 왜곡시킵니다. 놀이동산에서 볼 때는 재밌거리 이지만, 사람의 뇌 속에 세상을 바라보는 마음의 눈이 편평하지 않고 오목거울처럼 왜곡된 이미지를 만든다면 어떻게 될까요? 생각만 해도 끔찍하지만, 인지적 왜곡이 장시간에 걸쳐 진행되면 그냥 거기에 익숙해집니다. 이건 확실히 문제입니다.

처음엔 뇌의 과부하로 인한 일시적인 자율신경부조화 현상이었지만, 이것이 사고영역까지 지대한 영향을 미치게 되면 부정적 세계관 형성과 같이 인지적 왜곡이 고착화될 수도 있습니다. 그래서 인지행동 치료가 중요합니다. 놀람 반응은 뇌 속에서 기억될 수 있기에 억지로 지울 수 없는 자동반사적 반응임을 받아들이되 이를 자연스러운 놀람 반응이 아닌 '죽을 수도 있는 반응', '나는 원하는 삶을 살 수 없다는 부정적 사고', '난 할 수 없어 같은 패배 의식'으로 의식화되는 공황의 중심 병리가 고착화되는 것을 최소화하고 세상에 대한 왜곡된 거울을 다시 펴는 인지적 재구조화 과정이 필요합니다. 중요성을 잘 이해하고 치료의 첫걸음을 내딛어 본다면 생각만큼 그리 어려운 작업만은 아닙니다.

- 공황에 대한 바른 이해
- 절대로 죽는 병이 아니다.
- 왜곡된 사고는 환경의 영향을 받았지만, 결국엔 스스로 만들어 낸 결과물이므로 환경이 개선된다고 자동적으로 왜곡된 사고가 바르

게 퍼지지는 않는다.

- 오히려 인지행동치료를 통해서 자신의 성격을 조금씩 변화시킬 수 있고 좀 더 자신이 원하는 삶의 모습에 가까워질 수 있다.

이 또한 기본적인 약물치료, 호흡 등 신체 훈련을 통해 바탕부터 회복 탄력성을 차근차근 회복시켜나가는 것을 전제로 할 때 더욱 효과적인 전략입니다. 재발 없이 더욱 단단한 치료, 즉 회복으로 가는 길이지요.

자율신경계를 안정시키는 호흡훈련과
안정뇌파로 동조화를 유도하는 명상훈련

호흡훈련을 통해 우리가 타고난 폐기능이 있는데 이를 평상시에 다 쓰지 못하고 항상 순환되지 않는 공간을 남겨두고 살아간다는 점을 알 수 있습니다. 폐의 전체 용량을 100%라고 하면 안정 상태일 때의 호흡 은 전체의 20% 이내로 일부만 사용하고 있습니다. 이때 심호흡을 포 함한 호흡 훈련에 따라서 호흡으로 좀 더 많은 용량을 활용할 수 있습 니다.

폐는 그 자체로 외부의 신선한 공기, 산소가 가득 담긴 공기를 받아 들여서 뇌세포를 포함한 각종 신체 조직들이 일을 해내는 원동력이 되 어 줍니다. 생명유지의 기본적인 힘은 공기가 담당하는 것이고 아무리 좋은 영양상태와 체력을 가지고 있어도 1분 동안 숨을 쉬지 못하면 그 생명을 보장할 수 없습니다.

생명유지와 더불어 제가 강조하고 싶은 부분은 공기가 가지고 있는 그 자체의 볼륨, 그리고 이 볼륨이 흘러갈 때 우리를 회복시키는 힘입니다. 저는 환자분들에게 더 이해가 쉽게 설명하기 위해 우리의 몸을 '기타 줄'에 비유하곤 합니다. 클래식 기타의 경우 나무 울림통 위에 줄이 기타의 머리부터 몸통까지 팽팽한 상태로 고정되어 있습니다. 묶여 있는 줄을 더 당겨서 긴장도를 높여줄수록 더 높은 옥타브의 연주도 가능합니다. 그러나 기타연주가 끝나고 나면 저는 반드시 기타 줄을 풀어서 긴장도를 낮추어 주는 것을 루틴으로 하고 있습니다. 그렇지 않으면 줄이 끊어질 수도 있고 줄이 끊어지지 않더라도 기타의 머리와 몸통을 잇는 목 부위가 조금씩 휘어지면서 변형이 올 수 있으니까요. 그래서 항상 긴장 상태로 두지 않고 열정적인 연주 뒤에는 수고한 만큼 긴장도를 풀어주는 것을 잊지 않으려고 합니다. 기타는 제 삶을 윤택하게 하는 윤활유이자 평생 함께할 소중한 취미이기 때문입니다.

우리 몸도 마찬가지입니다. 하루종일 열심히 살아내느라 몸의 각 구조물은 팽팽하게 긴장 상태를 유지할 수밖에 없습니다. 적어도 하루에 한 번, 저녁 시간에는 긴장된 톤(교감, 부교감의 생체 시소가 교감으로 몰려 있는 상태)을 떨어트리는 일(교감, 부교감의 균형을 맞추는 일)이 매우 중요합니다. 이를 위해서 저녁 시간 심호흡이 필요합니다. 매우 간단합니다. 들숨은 코를 통해 깊이 들이마셔서, 가슴과 복부가 공기로 가득해지면서 자세도 바르게 세워지는 상태를 잠시 유지했다가 날숨으로 몸에 긴장을 풀고 자연스럽게 몸속의 공기를 입으로 흘려보내기를 10회 연달아 시행하는 것입니다. 이때 그냥 호흡만 하면 딱딱하고 재미가 떨어질 수 있으니 심호흡하는 2~3분 동안 자신이 좋아하는 장소를 떠올릴 수 있는 ASMR를 들으면서 머리로는 그 장소에서 편안한 휴식을 누리는 것으로 상상하기를 곁들이면 완벽한 심호흡 훈련이 가능하다고 추천해드리고 있습니다.

여러분이 상상하는 최적의 공간을 일 년에 한 번 있는 휴가 때까지 기다리지 말고 매일매일 누리시기를 강력히 권해드립니다. 기왕이면 심호흡을 하고 하루 일과를 마무리할 때, 나의 소중한 다이어리나 달력에 힘이 나는 칭찬 스티커 하나씩 붙여주는 것, 그리고 한 달이 모이면 나를 위한 특별한 선물을 준비하는 것까지 이어진다면 더 강력한 선순환의 고리가 형성될 것으로 믿어 의심치 않습니다.

심호흡 훈련이 중요한 이유가 하나 더 있는데, 실제로 많은 환자분이 매일 심호흡을 실천하시면서 자연스럽게 공황 증상으로 인한 신체 긴장도가 떨어지고 약의 강도와 횟수를 점차로 줄여가더라도 재발을 경험하는 케이스가 확연히 줄었기 때문입니다.

햇빛보기
(약물 치료 효과 극대화 및 수면 개선)

햇빛보기는 모든 정신의학적 치료과정에서 매우 중요한 역할을 합니다. 햇빛은 그 자체로 소독기능이 있습니다. 뱀파이어 영화에서 나오는 햇빛은 과히 게임체인저의 역할을 독점하고 있습니다. 정신의학적 관점에서는 직접적인 뇌신경 호르몬, 특히 감정의 조절과 수면을 관장하는 신경전달물질의 생성에 직접적인 역할을 수행하고 있습니다.

1부와 2부에서 소개한 바와 같이 세로토닌의 생성은 스칸디나비아

오늘의 혼밥 메뉴는 뇌과학 정식

반도와 같이 일조량이 부족한 지역에서 우울증이나 비타민 D 결핍으로 인한 유전질환도 적지 않게 보고되고 있는 것을 볼 때 햇빛을 노출되는 시간(일조량)과 매우 밀접한 연관이 있습니다.

현대인은 건물에 살면서 빛을 볼 수 있는 기회가 자연스럽게 줄어들고 있습니다. 대학 진학을 위해서, 직장생활을 위해서 어쩔 수 없이 선택한 반지하집이나 고시원에서 빛이 통하는 창문은 기본 구성이 아니라 몇만 원의 월세를 더 부담해야 제공할 정도로 사치품이 되어가고 있습니다. 햇빛을 안 봐도 각종 조명, 컴퓨터, 핸드폰 액정화면 등의 빛을 오히려 '빛 공해'라고 부르면서 빛을 피하는 게 맘 편하고 좋은 것 같다고 애써 자위하고 있을지도 모릅니다.

그러나 우리의 뇌는 누구보다도 자연의 빛 에너지와 인공조명을 너무나도 잘 구분해 냅니다. 실제로 수많은 인공 빛 자극보다 햇빛을 조금이라도 꾸준히 받는 연구 자료에서 훨씬 세로토닌의 분비량과 활성화 정도가 높음이 증명되었습니다. 일상에서 청년들은 이미 건물에서 건물로 이어지는 삶에 익숙해져 있습니다. 어릴 때부터 학원, 학교, 도서관, 사무실, 아니면 야간근무를 하게 되면 해가 있는 낮 시간에는 오롯이 잠들어 있기에 밤낮이 바뀌는 경우도 적지 않습니다.

햇빛을 본다는 것은 현관을 열고 학교 밖으로, 사무실 밖으로, 건물 밖으로 나와서 양지바른 곳에 우리의 뇌를 햇살이 내리쬐는 곳에 내버려 두는 것입니다. 하늘을 향해 째려볼 필요는 없습니다. 그냥 햇빛 아래에 서 있기만 해도, 그냥 눈부신 햇살을 느끼는 것 자체로도 우리 뇌는 자연의 에너지를 흡수하기 시작합니다. 어떤 청년은 이렇게 반론을 제기하기도 합니다. '하루종일 왔다 갔다 하느라고 햇빛을 많이 본 것 같은데요?' 틀린 말은 아닙니다만, 분주함 가운데 긴장이 높은 상태에서 잠깐씩 노출되는 햇빛은 우리 뇌가 오히려 스트레스 자극으로 인지할 수도 있습니다. 주인님이 원하지 않는데, 바빠 죽겠는데 눈부심이라는 자극은 일에 집중하는 데 방해가 될 뿐이니까요.

해를 본다는 것을 온전히 이해하기 위해서는 쉼에 대한 기본적인 태도가 먼저 우리의 뇌 속에 자리 잡고 있어야 합니다. 이때 필요한 쉼에 대한 개념을 쉽게 이해할 수 있도록 악보를 예로 들어볼게요. 여러분은 오선지 악보를 보시면 어떤 생각이 먼저 떠오르나요? 청년들에게 물어보면 다양한 모양의 음표들이 보인다고 합니다. 보통은 콩나물 같다고 하는데요, 오선지에 다양한 모양의 음표들을 떠올릴 때 항상 음표를 제대로 읽지 못해서 음정을 틀릴까 봐, 그래서 노래를 제대로 부르지 못하고, 연주를 제대로 해내지 못할까 봐 걱정이 된다고 합니다. 음악에 관한 주제를 얘기해도 곧잘 불안해하는 모습을 보는 제 마음이 오히려 짠하고 안타까웠습니다. 그럴 수밖에 없는 이유가 악보를 보는 순서가 틀렸기 때문입니다. 좀 더 확장해서 말씀드리면 삶이 악보라고 할 때 우리는 급한 마음에 해야 할 일이 무엇인지부터 분주하게 살펴봅니다. 음표가 몇 개인지, 도인지, 솔인지 고음 처리를 어떻게 해야 하는지. 그러다 보면 큰 그림을 놓치는 경우가 허다합니다. 악보에서 놓치지 말아야 할 큰 그림은 '쉼표'라고 할 수 있습니다.

쉼표란 음을 연주하지 않고 박자만큼 쉬라는 의미의 기호입니다. 아름다운 음악을 만들기 위해서는 다양한 화음도 중요하지만, 쉼표의 역할도 굉장히 중요합니다. 만약 악보에 쉼표가 하나도 없다면 음악은 소음 그 자체가 될 수 있습니다. 삶에서 진정한 쉼표는 무지갯빛이어야 합니다. 검은색으로 일원화된 쉼이 아니라 빨주노초파남보 무지개처럼 다양한 컬러와 느낌의 쉼을 누릴 수 있어야 합니다.

공황장애 환자들은 불안을 빨리 해소하기 위해서 신속한 효과가 나타나는 약에만 의지할 수 있습니다. 많은 분이 그 약을 달라고 하시지만, 저는 약은 하나의 쉼표에 불가하다고 말씀드립니다. 그래서 약과 함께 다양한 쉼을 누릴 수 있는 색깔별 전략을 환자분과 함께 세워가도록 합니다.

4부

더불어 숲

바닷물에 뿌리내린 '맹그로브'를 아시나요? 마음을 다루는 일이 참 외롭고 힘들다는 걸 종종 느낍니다. 정신과 의사의 자살률이 가장 높다는 이야기를 하지 않아도 사람의 마음을 치유하는 사람들의 우울과 아픔, 말 못할 고통이 있습니다. 그래서 저에게 치료라는 건 함께 건강해지는 공동체적 의미가 깊습니다. 비록 시작은 환자와 의사의 관계였다고 해도 결국은 상처 입은 치유자로 함께 살아갈 때 건강함을 지속할 수 있기 때문입니다. 우리는 맹그로브처럼 함께 뿌리내려야 살 수 있는 존재입니다.

---- 1장 ----

마음 건강
구구단

 아무리 치료를 잘해도 누구나 재발할 수 있습니다. 그래서 처음부터 재발하지 않도록 치료계획을 수립하고 진료를 시작하는 것이 중요합니다. 공황장애로 6개월간 치료받고 스스로 치료를 종결하신 분이 있었습니다. 갑작스러운 공황발작으로 인해 가슴이 두근거리고 숨쉬는 게 너무 답답해서 일상생활 및 사회생활 유지가 어려웠고 스트레스 요인을 찾기 위해 상담 치료를 시작했지만, 증상이 호전되지 않아 정신건강의학과를 두드리게 됩니다. 정신과에 대한 편견이 적지 않았지만, 치료받고 좋아진 사람의 소개를 받고 지푸라기라도 잡는 심정으로 찾은 것이지요.

치료는 시작보다
유지가 중요합니다

문제는 어떤 과정을 통해 좋아졌는지는 잘 알아보지 않고 일단 좋아 졌다고 하니까 '나도 도움을 받을 수 있지 않을까?'라는 막연한 기대감 으로 치료받기로 했지만, 진정한 자기 성찰을 위해 자신의 마음을 열 기까지는 또 다른 관문을 통과해야 할 것입니다.

치료를 시작하면서 여러 가지 심리검사를 받고 자율신경기능과 뇌 파 등 생물학적 지표분석에 필요한 검사까지 받았습니다. 생애 첫 정 신과 진료에서 상담받고 약 처방으로 끝나는 것이 아니라 무슨 검사가 이리도 많은지(실제로는 종합심리검사를 1/10로 축약한 검사임에도 불구하고) 검 사는 겨우 끝냈지만, 검사 결과에 대해서는 그렇게 귀담아듣지 못했습 니다. 약에 대한 불편감과 효과에 대한 이야기는 솔깃한 정보이지만, 나에 대한 이야기는 사실 마음이 쉽게 열리지 않습니다. 치료적 동맹 이 아직 형성되지 않았기에 설명을 친절히 해주시지만 네네 하고 그냥 흘러들었던 부분이 더 많았던 것입니다.

그러는 와중에 다행히 약발이 잘 들어서 공황으로 인한 신체 증상이 현저히 줄어들고 밤에 잠도 잘 자게 되었습니다. 며칠 약을 안 먹어보 기도 하고 예약된 진료일도 말없이 그냥 넘어가 보기도 했지만 별다른 불편감이 없었습니다. 그래도 병원에 좀 더 다녀야 할 것 같다는 생각 이 들면서도 마침 급한 일들이 늘어나면서 일을 핑계 삼아 그냥 치료 를 중단하게 됩니다. 이번 기회에 찬찬히 자신을 돌아보기로 했던 마 음은 생각 저편으로 가물가물해집니다.

치료자 입장에서도 이렇게 한 명 한 명 치료 울타리 밖으로 떠나보내게 되니까 '아, 이건 아닌데'라는 마음이 떠오르기 시작했습니다. 개원한 지 1년이 지나는 시점부터는 더 강하게요. 뭔가 명확한 가이드가 필요하다는 생각이 함께 자라게 됩니다. 결론적으로 말씀드리면 '왜 치료는 시작보다 유지가 중요한지'를 각자의 상황에 맞게 이해할 수 있는 면담이 병행되어야 합니다.

이런 깨달음이 있기 전에는 재발해서 오는 분들에게 '힘들었을 텐데 잘 오셨어요'라는 위로는 아주 짧게 하고 재발(다시 원점으로 돌아감)하지 않으려면 어떻게 해야 하는지에 대한 잔소리를 장황하게, 그리고 뭔가 혼내는 식으로 환자분을 두 번 힘들게 했을지도 모르겠습니다. 이제는 치료가 시작되는 시점부터, 그리고 치료 중간중간 설명드리는 것으로 제 스스로 변화를 시도하고 있습니다. 그리고 이게 다른 어떤 치료과 정보다 가장 중요한 우선순위로 자리 잡고 있는 것도 큰 변화 중에 하나입니다. '진즉에 할걸' 하는 아쉬움이 있을 정도로. 이제는 치료 계획 수립에서 필수요건이 되었습니다.

영화 〈탑건: 매버릭〉을 보면 최종 보스를 넘기 위해 톰 크루즈가 탑건을 훈련시키는 장면이 나오는데, 처음 계획과 달리 생각지 않았던 난관에 부딪히게 됩니다. 기존 방식의 훈련과 경험치로는 작전 성공기준인 2분 50초 이내에 작전 수행이 불가하다는 의견이 모두의 생각으로 자리 잡게 되면서, 톰 아저씨의 설자리가 없어지게 되었고, 급기야 해고를 당하게 됩니다. 그런데 톰 아저씨가 이러한 위기를 자신이 스스로 성공 사례가 되어 기회로 바꾸어 버립니다. 바로 목숨을 건 미션 수행을 모두가 보는 자리에서 멋지게 해낸 것이지요. 2분 50초. 불가능의 시간이라고 생각하는 것을 거의 기적에 가까운 노력으로 완수해 냅니다. 반복되는 실패로 인해 자신감을 상실해 버린 탑건 조종사들은 자신의 리더가 보여 준 모범사례를 통해 지금까지 학습된 무기력이 리더의 성공 경험을 목도하면서 전화위복의 기회로 삼게 되었지요. 이를 통해 리더와 멤버들이 교사와 학생처럼 '너와 나의 역할은 근본적으로 달라'라는 오래된 통념을 넘어 한팀이 되는 놀라운 변신에 보여준 것입니다. 그래 함께 가자고.

영화적 설정이니까 뭐든 가능하겠지? 라고 반문하시는 분이 계신다면, 저는 꿈을 꾸는 데 영화적 설정으로 도움을 얻을 수 있다면 얼마든지 활용하라고 말씀드리고 싶습니다. 영화든, 책이든, 옛날이야기라도요.

우리 삶에서 어떤 가능성이라도 발굴하여 내 삶에 성공모델의 재료로 삼으면 좋겠습니다. 치료가 항상 딱딱하고 의사만의 전유물로 생각하기보다는 하나의 치료팀이 되어 처음부터 치료계획을 함께 수립하고 필요한 자원이 있다면 가족과 지인 공동체도 지혜롭게 잘 활용하는 것입니다. 물론 처음에는 헌신적인 리더의 수고가 필요하며 성공확률을 높이기 위해서라면 치료자인 저는 언제든지 이러한 수고를 마다하지 않을 마음의 준비가 되어 있습니다. 따르미(환자)는 주저함에서 할 수 있다는 용기로, 이끄미(치료자)는 현장에서 함께할 헌신으로 한 팀 (one team)이 되는 것입니다.

2장

정신건강
지키미 전략

재발을 경험하고 싶지 않은 분들이라면 지금부터 설명드리는 4가지 정신건강 지키미 전략을 꼭 유념해 주시기 바랍니다. 적어도 이 책을 읽고 계시는 분들은 본인뿐만 아니라 가족, 친구, 지인의 정신건강에도 관심이 많으실 거라 생각됩니다. 무엇보다도 우리 모두의 건강한 공동체를 꿈꾸는 분들이라면 누구나 알고 있어야 할 마음 건강 구구단으로 생각해 주서도 좋겠습니다.

전략 1 원인 파악하기
내가 아프게 된 원인을 진료 현장에서 다시 들여다보자

아픈 것이 자랑은 아니지만 그렇다고 없던 일도 아니지요. 병에는 내적 요인과 외적 요인이 있는데 잠재적인 내적 요인을 자극하는 것이 외적 요인이며 바로 스트레스입니다.

내 삶의 회복탄력성을 떨어뜨리는 스트레스. 공기 같아서 없앨 수 없고 평생을 함께 해왔던 학업, 진학, 취업, 연애, 결혼, 육아, 부동산처럼 함께합니다. 사실 스트레스 요인들을 하나하나 차분하게 분리해서 들여다보면 특별히 잘못된 것이 없는 중립적인 자극에 불과하다는 걸 알 수 있습니다. 다만 스트레스 요인의 경우 내가 대처할 수 없을 정도로 과도한 것이 문제가 됩니다. 스트레스 요인들이 우리 삶에서 과도한 압력을 행사하지 못하도록 잘 관리하는 것이 중요하다는 말입니다.

예를 들어 학업적 스트레스로 인해서 무기력에 빠진 A 대학생의 얘기를 살펴보겠습니다. 학업 자체는 죄가 없습니다. 스트레스에서 원죄 개념은 적절하지 않다는 말입니다. 학업 스트레스가 있는 사람에게 공부가 나쁜 행위가 되도록 규정되어서는 안 된다는 말이지요.

A 학생이 겪었던 학업 스트레스는 학업 자체보다 학업적 성취, 결과물에 해당하는 성적을 내가 좋아하는 사람의 성적과 비교당하는 일에서 시작되었습니다. 내가 좋아하는 친구, 잘 지내던 친구, 그런데 엄마는 그 친구와 나의 우정보다는 그 친구의 성적보다 내가 더 뛰어나기를 바라면서 학업이 친구와 나 사이를 갈라놓는 '굴레'가 되어 자신을 억누르기 시작한 것입니다. 제법 공부를 하는 편이었지만, 공부라는 행위 자체로 친구와 비교당하고 엄마의 잔소리를 듣게 되는 원흉이 되어버려서 공부에 대한 '핵심 감정'이 대단히 부정적으로 자리 잡게 되었습니다.

오늘의 혼밥 메뉴는 뇌과학 정식

공부가 삶에 대한 깊은 이해와 호기심을 충족시킴으로 얻는 행복의 디딤돌 역할이 아니라 말 그대로 외나무다리에서 진검승부를 위해 칼을 가는 망나니가 되는 기분이니 정말 불편하고 거부감이 들 수밖에 없었던 것입니다. 아무리 좋은 옷이어도 내가 싫어하는 색감과 디자인의 옷을 입는다고 생각해 보세요. 사람들의 시선부터 해서 한순간도 편안하지 않아서 부끄러움을 감수하고서라도 옷을 벗어버리고 싶은 충동이 일어날 수 있습니다. 엄마의 지나가면서 하는 한마디 '걔는 몇 등 하니?' 이 한마디에 A 학생의 학창시절은 비교라는 깊은 늪에 서서히 빠져 들어가기 시작했습니다

전략 2 악순환의 고리 끊기
원인을 알고 원치 않는 고리로 이어지는 것을 차단하고
새로운 길로 나아가기!

자 그러면 스트레스(신선한 자극)가 스트레스(고통스러운 압박)로 되는 것을 막기 위해서는 스트레스가 본연의 역할, 내 삶에서 신선한 자극으로, 내 삶의 호기심을 풀어주는 좋은 도구가 될 수 있도록 새로운 조합과 공동체로 트랜스폼(변환)시키는 것이 중요합니다. A 학생의 삶 속에 형성된 학습, 성적, 친구와의 관계에서 비교당함, 누군가는 패배자의 공식에서 변화를 주는 것입니다. 방법은 간단합니다. A 학생의 삶에서 해야 할 일, 해야 할 것 같은 일, 사회적 의무감과 책임으로 인해 자신 앞에 산적해 있는 삶의 과제들을 조금씩 가볍게 하고 내가 원하고 바라고 좋아하는 일에 매진할 수 있는 시간과 장소를 만들고 한 칸

씩 넓혀가는 것입니다.

A 학생과 면담하면서 자신의 원하고 바라고 좋아하는 일이 무엇일까? 물어보니 당장 생각을 못합니다. 공교육과 학원에서 우리가 배운 것은 어떻게 하면 해야 할 일을 최대한 빠른 시간에 최대한의 성과를 내도록 강요받았기에 '네가 진짜로 원하는 것이 뭐니?'라는 질문 자체를, 그에 대한 생각 자체를 저 마음속 구석 선반 위에 올려놓고 검은 상자로 덮어두기까지 했으니 잘 떠오르지 않는 것이 당연합니다.

그래서 힌트를 줍니다. 어릴 때 자기의 꿈 그리기로 도화지에 그린 그림이 생각나느냐고 물었더니 수줍게 미술 선생님이라고 합니다. 그림 그리는 것을 좋아했는데, 미술학원에서도 소질 있다는 얘기를 들었는데, 엄마가 다른 공부할 시간이 부족하다고 중학교에 올라가니까 미술학원부터 제일 먼저 끊어버렸습니다. 그 순간 꿈의 한 자락이 스르륵 연기처럼 날아가 버렸습니다.

마음속에서 막 눈물이 나는데 엄마한테 대들 수가 없었다고 합니다. 내 인생의 성공은 옆집 친구보다 공부를 잘하는 것이 기준이 되어 버려서 그림을 더 그리고 싶다는 말을 꺼낼 수가 없었던 것입니다. 그래서 일주일에 한 번씩 화폭을 들고 어디든 가다가 마음에 드는 곳이 있으면 화복을 펼쳐놓고 1시간이고 2시간이고 가만히 앉아서 마음에 드는 곳의 넓은 시야에 담아두기부터 시작해 보았습니다. 일상적인 공간을 벗어나는 것이 주요했습니다. 별거 아니지만, 나만의 시간과 공간을 가지게 되었다는 것만으로 뇌 속에 잠재되어 있는 그림을 그리는 예술성이 담긴 DNA가 활성화되기 시작합니다.

　　　　　　　　　　　오늘의 혼밥 메뉴는 뇌과학 정식

시작이 반입니다. 천 리 길도 한 걸음부터입니다. 이때 누군가가 물어볼 수 있습니다. '지금 뭐 하는 거야?' 그때 그냥 웃어 주시면 됩니다. 몰라도 된다고, 내가 물어보는 당신이 생각하는 삶의 기준과는 다른 삶을 실천하고 있는데 굳이 당신에게 설명할 의무도 없고 지금은 나만 누리고 싶기에 지금은 딱히 어떤 관심도 필요 없다고.

이것이 중요한 것이 어릴 때 학습에 대한 의미 부여를 엄마가 규정지은 경험이 있기 때문에 아직 내가 미숙한 영역에 대해서 누군가의 평가와 비판을 일찍부터 받을 필요는 없습니다. 물론 내가 좋아하는 일에 대해서 누군가와 나누고 이를 통해 누군가의 지지를 받을 수 있다면 그것은 언제든 가능하고 저는 개인적으로 적극 추천합니다.

전략 3 충분한 치료 기간 유지하기
병원과 가깝게 지내자

외적인 스트레스를 줄이기 위해 삶의 질을 추구하는 연습을 하기 시작하면 정말 이게 효과적으로 작동하고 있는지를 잘 살펴볼 필요가 있습니다. 외적인 압력인 스트레스가 내 마음의 정서적인 상태(우울, 불안)에 미치는 영향은 워낙 오랜 시간 지속되었기에 한순간에 없어지지는 않을 것입니다. 따라서 전문가와 함께 이 문제를 주기적으로 살펴보는 것이 중요합니다.

치과에서는 스케일링을 6개월에 1번 정도 권장하고 있습니다. 왜일까요? 실제로 누적된 치석을 제거하는 일도 중요하지만, 치석을 제거하기 위한 효과적인 칫솔질과 생활 습관을 점검하기 위해 전문가의 점검과 진료를 통해 자신의 노력이 헛되지 않음을, 혹은 효과적이지 않은 전략은 다시 교정하여 건강한 생활 습관으로 편입시키는 작업을 꾸준히 이어가는 것이 중요하기 때문입니다.

마찬가지로 마음 건강을 살피는 일도 계절이 바뀔 때마다 봄, 여름, 가을, 겨울 최소한 4번의 점검을 받아보실 것을 강력 추천 드립니다. 병원에 자주 와서 병원 좋은 일 시키는 거라 오해하지 마시고 치석(스트레스 요인)처럼 삶의 무게로 사회적 가면이 자신의 소중한 표정을 짓누르고 있는 상태를 그대로 방치하지 말고 의사 선생님에게 자신의 표정을 보여주고 마음속 쌓여있는 스트레스들을 풀어내다 보면 처음에 치료계획을 세웠던 그 목표와 방향성을 다시금 새로이 하고 좀 더 삶의 여유를 찾는 것이 가능해집니다.

'약을 안 먹으면 병원에 안 가도 돼'라는 유혹에 넘어가면 안 됩니다. 오히려 약을 먹지 않지만, 정신건강의학과로 진료를 받는 분들도 적지 않습니다. 정신과 진료를 받으면 약 처방을 반드시 받아야 한다는 편견으로 인해서 진입장벽을 스스로 높여버린 것입니다.

크게 2가지 설정이 가능합니다. 하나는 처음에 여러 기분 증상이 심각해서 약물치료를 시작했고 잘 회복이 되어서 약을 줄여 나가다가 치료자와 논의 하에서 단약까지 시도해서 약물 없이 일상회복이 가능해지는 경우입니다. 임의로 약을 중단하고 스스로의 판단으로 병원에 나오지 않는 경우에 비해 진료 과정에서 평가 척도상에서 안정적인 지표가 나오고 상담과정에서 스스로의 회복 능력에 대한 신뢰가 높아지면

오늘의 혼밥 메뉴는 뇌과학 정식

단약을 시도하고 이때에도 진료를 바로 끝내는 것이 아니라 기간을 좀 늘려서 외래 스케줄을 잡더라도 단약 후 2~3개월은 재발방지를 위한 비약물적 치료와 그에 따른 일상생활 전략을 새로이 수립해 가는 것을 발전시켜 나가는 일이 매우 중요합니다.

둘째는 처음부터 약물 치료 없이 비약물적 진료를 시작하고 유지하는 것입니다. 이러한 경우 오히려 정신의학과의 진가가 드러난다고 생각됩니다. 물론 상담만 필요한 경우에 상담센터를 찾으면 됩니다. 자기에게 맞는 상담 전략을 세우면 어디든 상관없습니다. 그런데 정신의학을 바탕으로 몸과 마음의 상태를 함께 살펴보고 적절한 처방과 전략을 세움에 있어 정신과의 장점이 적지 않는데 잘 활용하지 못하는 사람들, 아니 이를 잘 모르는 사람들이 많아서 각자에게 맞는 상담포트폴리오를 잘 안내 받았으면 좋겠다는 마음입니다.

전략 4 아프니까 청춘이 아니다: 아프면 참지 말기!

우리 어머니 세대들은 결혼생활을 거의 시어머니와 함께 했습니다. 피할 수 없는 시월드, 그냥 일상으로 받아들여야 했던 그녀들에게 힘든 시간을 견뎌낼 수 있는 최선의 전략은 바로 벙어리 3년, 귀머거리 3년입니다. 왜 3년씩인지 모르겠지만, 꽃다운 나이에 결혼해서 생전 처음 가족이 되는 어르신을 맨정신(?)으로 대하기는 쉽지 않았기에 3년간은 벙어리로, 그래도 힘들면 아예 귀를 닫고 3년 더 버티다 보면 세월이 약이 될 거라고 생각하셨던 것 같습니다. 그러한 결과로 우리나라에만 있는 고유한 홧병을 얻게 되었습니다.

전혀 원치 않았지만 어쩔 수 없습니다. 최소 6년에서 길게는 50년 이상을 자신이 원하는 일보다는 가정과 어르신을 돌보는 데 헌신하다 보니 자신의 감정과 생각을 솔직히 표현하지 못하고 누르고만 있는 상황이 지속됨으로 속병이 생긴 것입니다. 힘들면 힘들다고, 아프면 아프다고 말할 수 있어야 합니다. 어머니 세대처럼 속병, 홧병이 생기도록 내버려 둘 수 없다는 말입니다. 그 쓴뿌리가 깊어지고 건강하지 않는 사고체계(세계관 또는 인생관)가 삶의 곳곳에서 열매 맺기 전에 적절한 관심과 돌봄, 그리고 필요하다면 마음 건강을 위한 적극적 처치가 필요할 수 있습니다. 보통 사람들은 다양한 통증에 대해서 일정 부분 내성을 가지고 있습니다. 조금의 통증도 참지 못하고 울고불고 할 수도 있지만, 대부분 어느 정도 먼저 참아보고 기다려 보게 됩니다.

치료 종료 시점에서도 동일한 상황이 재현됩니다. 일정 기간 치료를 받았고 일상생활과 사회생활이 어느 정도 가능해지면 아직 확실히 스트레스 대처 우산이 잘 작동하고 있는지, 아직 보완이 필요하고 성장이 필요한 부분은 없는지를 좀 더 시간을 두고 점검해 볼 필요가 있는데 일분일초라도 아껴서 일과 학업에 매진해야 하는 청년들에게는 조금 나아졌다는 것만으로 위안을 삼게 됩니다. 속으로는 다시 재발하거나 원점을 돌아가면 어떡하지 하는 불안을 애써 외면하면서 말이죠.

그래서 아직 괜찮지 않아도 괜찮고 좀 더 쉼과 충전이 필요합니다. 어떻게 일에서 소진되는 에너지를 다시 충전하고 회복하는 것에 대한 전략을 터놓고 얘기할 수 있어야 합니다. 정신의학 분야에서 마음 건

오늘의 혼밥 메뉴는 뇌과학 정식

강을 다룰 때 완치 개념은 없습니다. 이 세상에 스트레스가 모두 없어지다면 가능할지 몰라도 공기 없는 세상을 상상하기 힘들 듯이 스트레스는 지구를 구성하는 공기처럼 환경으로 늘 존재하는 상수입니다. 혼자서 아프지 않으려면 개인플레이보다는 팀플레이를 통해서 보다 완벽한 전략을 수립하는 것이 중요합니다.

혼자 있지
말아요

일상에서 혼자 있는 시간을 지금보다는 조금씩 줄여나가는 것이 필요합니다. 이를 통해 혼자만의 누리는 시간과 함께 하는 시간의 균형점을 다시 회복해 나가는 것입니다. 혼밥, 혼술 등 너무나도 익숙한 삶의 일상에 변화를 주어야 한다는 것입니다.

3부에서 말씀드린 대로 우리 마음을 지켜주는 우산은 내 속에서 형성되는 것임에도, 우산의 폭과 깊이를 넉넉히 하는데 필수적인 요소가 4가지가 있는데요. 거기서 중요한 하나의 축으로 사회적 지지가 있습니다. 어느 축 하나 중요하지 않은 것이 없으나 특히 사회적 지지와 관련된 축은 홀로 해낼 수 없는 영역입니다. 그럼 귀찮은데 그냥 한 개 축은 버리고 가자고요? 어이쿠. 우산에서 4개의 살이 있는데 하나가 빠지면 우산의 기능을 할 수 있을까요? 집을 받치는 4개의 기둥 중에 하나가 빠지면 그 아래서 편히 잠들 수 있을까요? 당연히 아니지요, 그럴 수는 없는 일입니다.

내가 도움을 요청하는 법을 알게 되면 나에게 가장 시의적절한 도움을 줄 수 있는 건강한 '이웃'들이 우리 주변에 적지 않다는 것을 알게 됩니다. "본래 괴로울 일이 없다는 것을 깨달으면 괴롭지 않게 살 수 있습니다." 우리가 잘 아는 법륜스님이 하신 말입니다. 악몽을 꾸는 사람은 본인은 괴롭지만 깨어 있는 사람이 옆에서 보면 평안하게 자는 모습일 뿐이라고 합니다. 저는 이 대목에서 옆에 있는 사람에 주목하게 되었습니다. 현실이 악몽같이 스트레스라는 가위에 눌린 이들에게 악몽에서 깨어나 세상을 다시 볼 수 있게끔. 그리고 이곳이 그렇게 괴롭지 않고 안전한 곳이라고 말해줄 수 있는 진짜 친구가 오늘날 가장 절실한 한 사람이라고 생각되기 때문입니다. 혹시 악몽을 꾸고 있는 분이 계신다면 더 이상 고민하지 말고 세상을 향한 문을 다시 두드려 보시기 바랍니다. 옆자리에 저도 함께 하겠습니다.

오늘의 혼밥 메뉴는 뇌과학 정식

3장

그래도 난
혼자 있고 싶어요

제가 아무리 공동체의 필요성을 강조한다고 해도 이런 반론이 있을 수 있습니다. '나는 혼자가 편하다, 굳이 인간관계를 맺어야 하나?'라는 의문이지요. 맞습니다. 사람들은 일정 부분 혼자만의 시간이 필요합니다. 혼자가 편하기도 하고 또 다른 사람에게 상처받을 일이 없어 오히려 안전함을 느낄 수도 있습니다.

그런데 오랜 세월 대형정신병원과 정신과 외래에서 진료를 이어오며 발견한 사실은 혼자 생활하는 환자분의 재발확률이 훨씬 높고 재발을 스스로 인지하는 시간이 늦어짐으로 인해 이전보다 더 큰 후유증을 남길 수 있다는 것이었습니다. 실제로 진료 현장에서 치료받으면서 좋아지기는 했는데, 병원을 1~2년 다니면서 이제는 좋아진 것 같은데, 병원을 떠나지 못하고 약을 끊지 못하는 자신의 모습을 바라보면서 문득 자괴감이 들어서 병원에 나오지 않거나 약을 임의로 중단하는 경우가 있습니다. 저로서는 참 아픈 기억으로 남습니다.

분명 도움을 잘 받고 있고 시간이 좀 더 걸리더라도 참고 회복의 길을 꾸준히 걸어가기로 다짐을 해왔건만 주변의 시선은 여전히 '너는 병원에 다니고 있는 환자잖아. 아프니까 그러는 그런 거지?'라는 편견, 거대한 벽은 여전히 유효하고 밝은 햇살을 가리는 두꺼운 커튼처럼 자신을 압도하고 있기에 환자의 자리를 박차고 나와야 한다는 또 하나의 마음의 목소리에 이끌려 다른 대안도 없이 그냥 혼자이기를 선택하게 되는 것입니다.

그러다 다시 스트레스로 인해 절벽에 몰리는 상황에서 재발하게 되면 뒤늦게 다시 병원을 찾아옵니다. 그때서야 저는 위 상황들이 그동안 환자분에게 얼마나 고통스러운 시간의 연속이었는지를 알게 되는 것이지요. 무소식이 희소식이 아니었습니다. 또 하시는 말씀이 병원 외에는 딱히 다른 대안이 없었다고 합니다. 다른 대화할 곳을 찾기도 힘들고, 내 이야기를 선생님만큼 경청해 줄 사람이 있을지 확신이 없고, 상대가 마음을 열어준다고 해도 내가 용기를 내기가 어려웠다고.

이렇게 살펴보니 재발의 이유가 병원의 문제는 아니고, 약에 문제가 있어서도 아니었고, 더더욱 환자가 잘못해서라고 볼 수도 없습니다. 치료가 시작되면서 치료공동체가 필요했지만, 이것이 제대로 작동하지 못했던 것입니다. 아니 알고는 있었는데 함께 활성화시키기에는 자신이 믿고 의지할 만한 공동체를 찾지 못했던 것이겠지요. 마음 건강

오늘의 혼밥 메뉴는 뇌과학 정식

을 유지하기 위해서는 이 건강함이 고인물이 되지 않도록 건강한 경험들이 흘러가야 합니다. 즉, 처음에는 수동적으로 치료를 받는다는 '기초적 단계'에서 진정한 회복을 위해 나도 누군가를 위해 이 건강함을 전수해주고 싶은 마음과 확신이 드는, 소위 '중급 단계'로 업그레이드가 필요한 것입니다.

처음에는 약을 먹는 것 자체가 주변 사람(지인, 가족)에게 부끄러운 일이었다면 이제는 내가 왜 약을 먹고 있는지에 대한 충분한 이유를 알고 나서는 치료의 필요성을 전파하는 일명 전도사가 되는 것입니다. 나눌 때 건강함이 배가 될 수 있습니다.

저는 며칠 전에 환자분에게서 귀한 선물을 받았습니다. 원칙적으로 환자분에게 어떠한 금품도 받아서는 안 되지만, 이 선물은 거부할 수 없는 너무나도 귀한 선물이었습니다. 바로 수제로 만든 수세미였습니다. 털실로 만든 수세미인데 제가 받은 3개의 수세미는 빨강, 파랑, 초록색으로 하나같이 한 땀 한 땀 정성이 가득 담겨 있었습니다. 한때 환자분은 술잔을 기울이는 것 외에는 다른 어떤 활동도 할 수 없었던 중독자였지만, 이제는 술 대신에 뜨개실을 잡는 놀라운 기적이 일어난 것이지요. 이제는 그 회복된 마음으로 유기견을 입양해서 키우고 있는데, 하루 2번씩 산책을 하면서 제가 그렇게 강조했지만, 굳건히 거부하던 운동을 가족 사랑의 마음으로 비가 오나 눈이 오나 하루도 빠지지 않고 실천하고 있습니다. 정말 놀랍지 않습니까? 의사의 잔소리를 듣는 수동적 아이에서 이제는 자기를 돕는 이의 필요를 생각하며 자신이 가진 것을 나누고자 하는 마음이 생겨나는 것 자체로 치료적 기초가

탄탄해지고 있으며 재발의 위험이 훨씬 줄어드는 것입니다. 2000년 전에 이 땅에서 청년으로 살았던 예수의 가르침이 생각납니다.

> "한 알의 밀알이 죽지 않으면 한 알 그대로 있고, 죽으면 많은 열매를 맺는다."

저는 이 성경 구절을 치료 현장에서 다음과 같이 접목해 보았습니다. 우리 마음속에는 치료적 회복이 필요한 영역이 있고 이는 누구도 예외가 없습니다. 인간은 완전한 존재가 아니라 계속해서 성장이 필요하고 상처와 결핍이 있는 경우 회복과 치유가 반드시 선행되어야 합니다.

상처와 결핍을 담고 있는 마음의 영역을 밀알이라고 생각해보겠습니다. 이 밀알에 작고 날카로운 가시가 여러 개 박혀 있는데, 마음속 어두운 곳에 자리 잡고 있기에 스스로 뽑을 수가 없습니다. 더듬기만 하다가 아픔은 더 커져만 갑니다. 한 알의 밀알이고 별일 아니라고 생각했는데 잊을만하면 아프고 쓰라림에 온몸에 전율을 일으킵니다. 해결책은 하나입니다. 한 번도 나가본 적이 없는 빛 가운데로 나가는 것입니다. 조금만 움직여도 따갑고 아픈데 밝은 곳에서 드러날 내 모습을 상상만 해도 두렵고 불편할 수 있습니다.

그럼에도 불구하고 그 어두움에서 떨어져 나와 죽기를(실제로는 절대 죽지 않죠) 각오하고 빛으로 내 몸에 가시들을 가져가게 되면 그 가시가 빛 가운데서 더 힘을 발휘하지 못하고 스르르 사라지면서 죽어가던 밀알이 다시금 생명력을 회복하여 원래 창조된 목적에 맞는 싹을 틔우게

오늘의 혼밥 메뉴는 뇌과학 정식

됩니다.

'죽기를 각오하고'를 풀어쓰면 홀로 남겨진 자리에서 고개를 들어 첫 한 걸음의 용기가 필요하다는 얘기입니다. 용기는 부정적 정서에서 긍정적 기대감으로 나아가는 전환점이 되는 감정 상태를 의미합니다. 용기 자체로는 그 무엇도 이룰 수 없을지 몰라도 마음의 태세 전환이 일어나기 시작하면, 즉 마음 한구석에서 촛불이 어둠을 밝히기 시작하면 마음 전체가 밝아지는 것은 시간문제일 것입니다.

빛 가운데로 한 걸음씩 나아가면 거기에 이미 용기 있는 발걸음을 내딛기 시작한 회복자들이 나를 기다리고 있을 것입니다. 한 알의 밀알이 모여 이제는 한가득 푸짐한 떡 광주리로 변모하게 됩니다. 서로가 돌아보아 사랑과 선행을 격려하는 공동체로 살아가는 기쁨은 맛보지 않은 사람을 알 수 없는 특권이지 않을까요?

혼밥을 먹더라도 혼자가 아닙니다.

2003년 겨울 정신과 의사가 되기 위해 서울로 상경합니다. 그해 겨울은 너무 추웠습니다. 눈 내리는 매서운 겨울이 낯설었던 부산 토박이기에 정신과 의사로서의 기대감과 포부보다 내가 여기서 고향을 떠나 적응해야 하는 부담감이 더 크게 다가왔습니다.

의사고시에 합격하고 세상을 다 얻은 것처럼 들떴다가 매서운 겨울 바람에 제 멘탈(정신)은 하릴없이 흔들려 버립니다. 그때가 정신과 의사로 향하는 길에 닥친 첫 위기였습니다. 한 번 기우뚱했지만, 다시 마음을 다잡고 정신과 의사로서 첫발을 내딛게 됩니다. 그 첫발은 100일 동안의 당직근무였습니다.

서울에서 집을 구하지 못했던 첫 100일은 단순한 당직근무에 그치지 않았습니다. 병원이 나의 집이 되어 주었습니다. 그 당직 기간은 저로 하여금 정신과에 대한 로망은 잠시 접어두고 100일간 어떻게 적응해 나갈지 하루하루 치열한 고민과 생존의 시간들이었습니다. 닫힌 공간에서 환자들과 같이 생활하면서 진정한 환경치료(mileu)를 경험했습니다. 아이러니하게도 환자분들 덕분에 정신과 의사에 대한 허상을 깨고 진짜 정신과 의사로 살아낼 정신 무장을 할 수 있었습니다. 그때 오히려 나에게 위로를 주고 정신과 의사로서의 DNA를 깨워진 이들이 바로 나와 함께 했던 환우분들이었음을 고백하며 다시금 감사드립니다.

정신과 의사로서 환자들에게 무서운 선생님이 되어 권위를 세우기보다 오히려 환자분들과 한 마을에 같이 사는 한 사람의 주민처럼 나와 그가 각자에게 맡겨진 일에 최선을 다하되 또한 그 일과 삶을 누리고 즐기며 서로에게 기쁨이 되는 공동체로 살아가는 그 마을이 잘 세워지도록 한 알의 밀알이 되는 삶. 그게 바로 정신과 의사로서의 진정한 정체성임을. 정신과 의사로서 1년, 2년, 10년, 20년⋯⋯. 세월이 흐를수록 더욱 확신하게 됩니다. 혼밥을 권하는 세상이지만 설령 혼자 밥을 먹더라도 내가 혼자가 아님을 느낄 수 있었으면 좋겠습니다.

정신과 의사의
첫사랑

정신과 의사로서 저의 첫사랑은 바로 사람의 마음과 마음을 이어주는 메신저, 인간의 뇌입니다. 제 마음을 담고 있는, 제가 돌보는 환자분들의 아픔도 담고 있는, 생물학적 뇌를 넘어서 마음을 담고 있는 각각의 아름다운 소우주, 꿈꾸는 행성들이 가득찬 곳, 혼자가 아닌 함께 꿈을 꾸고 함께 누리는 곳, 비록 세상은 더 피폐해지고 각종 참사가 일어나는 곳이기도 하지만 그럼에도 불구하고 우리가 나를 잘 돌보고 서로를 함께 돌보며 살아가면 좋겠습니다. 첫사랑이 이루어질 수 없다는 편견을 깰 수 있도록 쉼 없이 사랑하고 뇌에 대한 연구를 계속 이어가려고 합니다.

이 책을 완성할 수 있었던 가장 큰 힘은 바로 아내의 사랑과 지지 덕분입니다. 힘든 연구와 집필 과정 속에서도 늘 곁에서 묵묵히 응원해 준 아내에게 진심으로 감사의 마음을 전하고 싶습니다. 이 책이 완성되기까지의 여정은 혼자의 힘으로는 불가능했음을 고백합니다.

또한 가족, 가정교회, 그리고 예온 식구들 모두에게도 감사의 마음을 전합니다. 그들은 제가 이 길을 걸어갈 수 있도록 항상 든든한 버팀목이 되어 주었습니다. 이 책은 단지 나만의 작업이 아니라, 제가 속한 공동체의 사랑과 희생이 담긴 결과물입니다. 앞으로도 계속해서 서로를 응원하며 더 많은 이야기를 나누고 성장할 수 있기를 소원합니다.